DO OUTRO LADO DA MANCHA

Julian Barnes

DO OUTRO LADO DA MANCHA

Tradução de
ROBERTO GREY

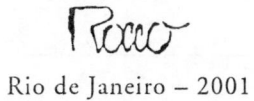

Rio de Janeiro – 2001

Título original
CROSS CHANNEL

© Julian Barnes 1996

Os direitos de Julian Barnes identificados
como autor desta obra foram assegurados por ele
em concordância com o Copyright, Designs
and Patents Act, 1988

Primeira publicação de "Interferência", "Experiência"
e "Eternamente" foi em *New Yorker*, e
"Gnossienne" e "Dragões" em *Granta*.

Direitos para a língua portuguesa reservados
com exclusividade para o Brasil à
EDITORA ROCCO LTDA.
Rua Rodrigo Silva, 26 – 5º andar
20011-040 – Rio de Janeiro, RJ
Tel.: 2507-2000 – Fax: 2507-2244
e-mail: rocco@rocco.com.br
www.rocco.com.br

Printed in Brazil/Impresso no Brasil

preparação de originais
JOSÉ MAURO FIRMO

CIP-Brasil. Catalogação-na-fonte
Sindicato Nacional dos Editores de Livros, RJ

B241d	Barnes, Julian, 1946-
	    Do outro lado da Mancha / Julian Barnes; tradução de Roberto Grey.
	– Rio de Janeiro: Rocco, 2001
	
	    Tradução de: Cross Channel
	    ISBN 85-325-1269-0
	
	    1. Conto inglês. I. Grey, Roberto. II. Título.

01-0767	CDD - 823 CDU - 820-3

PARA PAT

SUMÁRIO

Interferência 9

Entroncamento 24

Experiência 40

Melão 55

Eternamente 74

Gnossienne 91

Dragões 103

Brambilla 117

Hermitage 128

Túnel 146

INTERFERÊNCIA

ELE ANSIAVA PELA MORTE, e ansiava pela chegada de seus discos. Quanto ao restante dos problemas referentes à vida, tudo estava em ordem. Completara sua obra; nos anos vindouros, ela seria esquecida ou louvada, dependendo da maior ou menor burrice demonstrada pela humanidade. Seu problema com Adeline também estava resolvido: grande parte do que ela agora tinha para lhe oferecer não passava de tolices e sentimentalismo. As mulheres, concluíra, eram no fundo convencionais: até mesmo as de espírito liberto acabavam sucumbindo. Daí aquela cena repugnante na semana passada. Como se fosse possível manietar as pessoas nesse ponto, quando tudo que restava era um derradeiro, solitário empurrão.

Ele olhou em volta do quarto. O gramofone jazia num canto, monstruoso e envernizado lírio. O rádio fora colocado em cima do lavatório, depois de removidos o jarro e a bacia: ele não se levantava mais para lavar seu decrépito corpo. Uma cadeira baixa de vime, na qual Adeline costumava sentar-se por bastante tempo, imaginando que, se demonstrasse suficiente entusiasmo pelas trivialidades da vida, ele talvez descobrisse um tardio apetite por elas. Uma mesa de vime, em cima da qual se achavam pousados seus óculos, seus remédios, Nietzsche, e o mais recente Edgar Wallace. Escritor com a prodigalidade de algum compositor italiano menor. – Chegou o Wallace da hora do almoço – anunciava Adeline, repetindo incansavelmente a piada que ele mesmo lhe contara. A Alfândega de Calais parecia não ter problema em liberar o Wallace da hora do almoço. Mas não suas "Quatro estações inglesas". Queria uma comprovação de que os discos não seriam usados com fins comerciais. Que absurdo! Ele teria mandado Adeline a Calais, não fosse ela necessária ali.

Sua janela dava para o norte. No momento, ele só pensava na aldeia em termos de aborrecimento. A açougueira com seu motor. As fazendas que bombeavam suas rações o dia inteiro. O padeiro com *seu* motor. A casa americana com seu novo e infernal banheiro. Fez um breve passeio imaginário além da aldeia, atravessando o Marne, até Compiègne, Amiens, Calais, Londres. Há três décadas que não voltava — talvez há quase quatro — e seus ossos certamente não o fariam por ele. Dera instruções. Adeline obedeceria.

Ele imaginava como seria Boult. — Seu jovem paladino — como Adeline sempre o caracterizara. Esquecendo-se da deliberada ironia com que ele, de início, dera essa alcunha ao regente. Não se deve esperar nada daqueles que nos denigrem, muito menos ainda dos que nos apóiam. Esta fora sempre sua máxima. Também a Boult enviara suas instruções. Até que ponto o sujeito compreenderia os princípios básicos do impressionismo cinético, era algo que restava ver. Aqueles cavalheiros de merda da Alfândega talvez estivessem ouvindo os resultados neste mesmo instante. Escrevera a Calais explicando a situação. Telegrafara à gravadora perguntando se eles não podiam despachar outra coleção, de contrabando. Telegrafara a Boult pedindo que usasse sua influência de modo a ele poder ouvir sua suíte antes de morrer. Adeline não gostara da maneira como ele formulara essa mensagem, mas, afinal de contas, não havia muita coisa que Adeline gostasse hoje em dia.

Tornara-se uma mulher aborrecida. Quando, primeiro, se fizeram companheiros em Berlim, depois em Montparnasse, ela acreditava no trabalho dele, acreditava em seus princípios de vida. Mais tarde tornara-se possessiva, ciumenta, crítica. Como se o abandono de sua própria carreira lhe tivesse proporcionado maior perícia em lidar com a carreira dele. Desenvolvera um pequeno repertório de gestos de cabeça e de tiques que, na realidade, desmentiam suas palavras. Quando ele lhe descrevera o plano e o objetivo das "Quatro estações inglesas", ela respondera como costumava fazer com demasiada freqüência: — Tenho certeza, Leonard, que ficará excelente. — Mas não obstante, seu pescoço estava rígido ao dizê-lo, e ela fitou seu trabalho de costura com dispensável intensidade. Por que não diz o que pensa, mulher?

INTERFERÊNCIA

Estava se tornando furtiva e dissimulada. Por exemplo, ele desconfiava ter ela se rendido ao incenso e à água benta durante esses últimos anos. *Punaise de sacristie*, lançou ele em desafio. Ela não gostara disso. Gostara ainda menos quando ele adivinhara mais um de seus esqueminhas. – Não quero ver padre nenhum – dissera-lhe ele. – Ou melhor, se eu sentir o menor cheiro de uma batina, vou atacá-la com as tenazes da lareira. – Ela não gostara disso, ah, não. – Já estamos ambos velhos, Leonard – resmungara. – Concordo. E se eu não conseguir atacá-la com as tenazes, pode me considerar senil.

Ele bateu nas tábuas do assoalho e a criada, sabe-se lá como se chamava, veio correndo. – *Numéro six* – disse ele. Ela sabia que não devia responder, mas assentiu com a cabeça e deu corda no gramofone, colocou o primeiro movimento da "Sonata para viola", ficou observando o lento progresso da agulha, até chegar a hora de, com um ágil e hábil movimento dos pulsos, virar o disco. Era boa, essa aí: apenas uma pequenina pausa, como numa passagem de nível, e então a música prosseguia. Ele apreciava. Tertis conhecia seu ofício. Sim, pensou ele, enquanto ela levantava a agulha, isso eles não podem negar. – *Merci* – murmurou, dispensando a garota.

Ao chegar, Adeline deu um olhar inquiridor para Marie-Thérèse, como sempre fazia.

– *Numéro six* – respondeu a criada.

O primeiro movimento da "Sonata para viola". Ele devia estar zangado; ou isso, ou então algum súbito temor por sua reputação. Ela chegara a compreender a taquigrafia dos pedidos dele, a ler seu ânimo pela música que ele pedisse. Há três meses, ele ouvira seu derradeiro Grieg, dois meses atrás seu derradeiro Chopin. Desde então, nem mesmo seus amigos Busoni e Sibelius; apenas a música de Leonard Verity. O "Segundo quarteto para piano", a "Suíte de Berlim", a "Fantasia para oboé" (com o reverendo Goossens), a "Sinfonia pagã", as "Nove canções francesas", a "Sonata para viola"... Ela conhecia as articulações de sua obra do mesmo modo que conhecia as articulações de seu corpo. E admitia que, de modo geral, ele sabia reconhecer o que era melhor em sua produção.

Mas não as "Quatro estações inglesas". Ela percebera, desde o primeiro momento em que ele falara a esse respeito, interrompendo-se ao colocar seus dedos magros no piano, que o esquema era equivocado. Quando ele lhe contara que seria em quatro movimentos, um para cada estação, começando com a primavera e terminando com o inverno, ela achou banal. Quando ele explicara que não se tratava, é claro, de uma simples representação programática das estações, mas de uma evocação cinética da lembrança dessas estações, filtrada pela experiência real de outras estações não inglesas, ela julgou a coisa teórica. Quando ele se divertira com a idéia de que cada movimento caberia exatamente nos dois lados de um disco, ela achou calculista. Desconfiada desde os primeiros esboços, não passara a gostar mais da obra depois de publicada; duvidava de que se convertesse ao ouvi-la.

Eles haviam concordado, desde o início, em dar mais valor à verdade do que ao mero formalismo social. Mas quando as verdades entram em choque, e uma delas é desqualificada como opinião pessoal de uma tola e ignorante mulher francesa, talvez então houvesse algo a ser dito em favor do formalismo social. Deus sabia que ela sempre admirara sua música. Ela abandonara sua carreira, sua vida por ele; mas agora, ao invés de isso contar a seu favor, junto a ele, depunha contra. A verdade era que, pensava ela – e essa era *sua* verdade –, alguns compositores revelavam uma bela floração tardia, e outros não. Talvez a elegia para solo de violoncelo fosse lembrada, embora no momento Leonard andasse desconfiado, devido à demasiada freqüência com que ela o elogiava; mas não as "Quatro estações inglesas". Deixasse isso para Elgar, sugerira ela. O que quisera dizer, fora: você parece querer adular o país que deixou deliberadamente, cultivando o tipo de nostalgia que sempre desprezou; pior, parece estar inventando uma nostalgia que sinceramente não sente só para poder cultivá-la. Depois de ter desprezado o renome, parece agora buscá-lo. Se apenas tivesse me dito, com ar triunfal, que sua obra *não* caberia nos discos.

Havia outras verdades, ou sórdidas opiniões pessoais, que ela não podia transmitir-lhe. Ela mesma não andava bem, e o médico falara em cirurgia. Respondera que esperaria a crise atual passar. Ou seja, até que Leonard morresse, quando então pouco "me importa sofrer ou não sofrer uma cirurgia". A morte dele tinha prioridade sobre a sua. Não se ressentia disso. Ressentia-se, porém, de ser chamada de "*punaise de sacristie*". Não freqüentava a missa, e a idéia de confissão, depois de todas essas décadas, parecia-lhe grotesca. Mas todo mundo precisa, à sua maneira, chegar a termos com a eternidade; quando ficava sentada a sós numa igreja vazia, refletia sobre o nada, e não sobre um possível abrandamento por meio do ritual. Leonard fingia não entender a diferença. – Trair e coçar é só uma questão de começar – costumava dizer – dissera. Para ela, tratava-se apenas de posturas diferentes que adotavam diante do inevitável. É claro que ele não gostava disso nem o compreendia. Tornava-se cada vez mais tirânico ao se aproximar do fim. Quanto menos força dispunha, mais a afirmava.

As tenazes da lareira anunciaram a abertura da "Quinta sinfonia" de Beethoven no teto. Ele deve ter ouvido ou adivinhado sua volta. Ela correu pesadamente para cima, batendo com um cotovelo numa quina do corrimão. Sentado na cama, brandia as tenazes. – Trouxe seu padre? – perguntou. Mas por uma vez, ele sorria. Ela se ocupou de suas cobertas, enquanto ele fingia se rebelar: mas ao se inclinar a seu lado, ele pôs a mão em sua nuca, logo abaixo de seu coque enrolado e grisalho, chamando-a "*ma Berlinoise*".

Ela não previra, ao se mudarem para Saint-Maure-de-Vercelles, que viveriam tão apartados assim da aldeia. De uma maneira pedante, explicara ele mais uma vez. Ele era um artista, será que ela não percebia? Não era um exilado, já que isso implicava um país ao qual poderia ou haveria de voltar. Tampouco era um imigrante, já que isso implicava um desejo de ser aceito, de submeter-se a seu país adotivo. Mas não se deixa o próprio país, com suas formas sociais, regras e mesquinharias, só para aturar o fardo de formas, regras e mesquinharias análogas de outro país. Não, ele era um artista. Portanto, vivia só com sua arte, em silêncio e liberdade. Ele não abandonara a Inglaterra, não, muito obrigado, só para se fazer presente ao *vin d'honneur* na *mairie*, ou para dar palmadas em sua coxa na quermesse local e exibir um sorriso cretino de aprovação diante de um corneteiro qualquer desafinado.

Adeline aprendeu que precisava lidar com a aldeia com rapidez, só o indispensável. Encontrou também uma maneira de traduzir a *profession de foi* de Leonard em termos menos rebarbativos. *M'sieur* era um célebre artista, um compositor cuja obra já fora executada de Helsinque a Barcelona; sua concentração não podia ser perturbada, sob pena de as melodias nascidas dentro dele serem interrompidas e perdidas para sempre. *M'sieur* é assim mesmo, anda com a cabeça nas nuvens, e o fato é que ele não vê as pessoas, senão, é claro, faria uma saudação com o chapéu; veja só, ele às vezes nem sequer repara em mim quando estou bem diante dele...

Depois de morarem em Saint-Maure por cerca de dez anos, o padeiro que tocava terceira corneta na banda dos *sapeurs-pompiers*, pediu timidamente se *M'sieur* lhe faria a honra de escrever uma dança, de preferência uma polca, para o vigésimo quinto aniversário deles. Adeline achou improvável, mas concordou em submeter o pedido a Leonard. Escolheu uma época em que ele não estava trabalhando em nenhuma composição, e parecia num ânimo solar. Mais tarde, arrependeu-se de não ter escolhido um momento de mau humor. Pois sim, dissera ele com um curioso sorriso, ficaria encantado de compor uma polca para a banda; ele, cuja obra era executada de Helsinque a Barcelona, não era tão orgulhoso a ponto de não fazer aquilo. Dois dias depois, ele lhe entregou um envelope pardo fechado. O padeiro ficou encantado e pediu-lhe que transmitisse seus agradecimentos e respeitos especiais a *M'sieur*. Uma semana depois, quando ela entrou na *boulangerie*, ele não queria vê-la nem falar com ela. Finalmente, perguntou-lhe por que *M'sieur* resolvera divertir-se à custa deles. Orquestrara a peça para trezentos executantes, quando dispunham apenas de doze. Chamara-a de polca, mas não tinha ritmo de polca; melhor, estava mais para uma marcha fúnebre. Nem Pierre-Marc nem Jean-Simon, ambos com alguma cultura musical, puderam discernir o mínimo vestígio de qualquer melodia na peça. O padeiro estava arrependido, mas também zangado e humilhado. Talvez, insinuara Adeline, ela tivesse levado a composição errada por engano. Entregaram-lhe o envelope pardo e perguntaram-lhe o que queria dizer a palavra inglesa "poxy". Ela disse que não tinha certeza. E tirou a partitura do envelope. Tinha o título de "Pífia Polca para pífios Pompiers". Ela disse achar que a palavra queria dizer "brilhante", "vívido", "brilhante como o metal de seus uniformes". Ora então, *Madame*, pena a peça não dar a impressão de brilho nem de vividez àqueles que agora não a tocariam.

Mais alguns anos se passaram, o padeiro entregou o negócio ao filho, e foi a vez do artista inglês, que não tirava o chapéu nem para o cura quando o encontrava, pedir um favor. Saint-Maure-de-Vercelles ficava por pouco dentro do alcance da BBC. O artista inglês possuía um potente rádio que permitia receber música de Londres. A recepção, infelizmente, variava muito de qualidade. Às vezes, os problemas eram provocados pela atmosfera, tempestades e mau tempo, contra os quais nada se podia fazer. Os morros além do Marne também não eram de grande ajuda. Não obstante, *M'sieur* descobrira por dedução, num dia em que todas as casas da aldeia caíram em silêncio devido a um casamento, que existiam também formas locais de interferência, produzidas por motores elétricos de todo tipo. O açogueiro tinha uma máquina assim, dois fazendeiros bombeavam suas rações deste modo, e, é claro, o padeiro com seu pão... Será que poderia contar com eles, apenas durante uma tarde, a título de experiência, é claro... Ocasião em que o artista inglês ouviu os acordes iniciais da "Quarta sinfonia", de Sibelius, aquele ronco grave das cordas mais baixas e dos fagotes, normalmente abaixo do limiar de audibilidade, com súbita e renovada nitidez. E assim a experiência, permitida, passou a se repetir de vez em quando. Adeline era a intermediária nessas ocasiões, um pouco apologética, mas aproveitando-se também do orgulho de Saint-Maure-de-Vercelles em abrigar em seu meio um grande artista, cuja grandeza enobrecia a aldeia, e cuja glória resplandeceria mais ainda se os fazendeiros bombeassem suas rações à mão, se o *boulanger* fabricasse seu pão sem o uso de eletricidade; e a açougueira também desligasse seu motor. Uma tarde, Leonard descobriu nova fonte de interferência, que exigiu habilidade de detecção para ser localizada e tato para ser neutralizada. As senhoras americanas, que eram inquilinas desde os bons tempos daquele moinho reformado além do *lavoir*, tinham naturalmente instalado todo tipo de utensílios domésticos que, segundo Leonard, eram totalmente supérfluos à vida. Um deles afetava especialmente a recepção do potente rádio de M'sieur. O artista inglês nem sequer tinha telefone; porém as duas senhoras americanas tiveram a petulância, a decadência, de instalar uma privada com descarga elétrica! Foi preciso um certo tato, qualidade que Adeline desenvolvera cada vez mais no decorrer dos anos, para convencê-las a protelar, em certas ocasiões, sua descarga.

Era difícil explicar para Leonard que ele não podia exigir que a aldeia fechasse suas janelas toda vez que quisesse ouvir um concerto. Além do mais, existiam ocasiões em que as senhoras americanas simplesmente esqueciam-se ou pareciam esquecer o pedido do inglês; e se Adeline entrasse na *boulangerie* e encontrasse o velho pai do padeiro, ainda terceiro corneteiro dos *sapeurs-pompiers*, no balcão, sabia que nem adiantava pedir. Leonard tendia a ficar irado quando ela fracassava, e sua palidez normal era manchada por uma cor marrom-arroxeada. Teria sido mais fácil se ele mesmo fosse capaz de dar uma palavrinha de agradecimento, talvez até mesmo um presentinho; mas não, ele se comportava como se tivesse a prerrogativa de um silêncio nacional. Quando ele adoeceu seriamente, de início, e o rádio foi levado para seu quarto, teve uma ânsia de ouvir mais e mais concertos, o que era exigir demais da simpatia da aldeia. Felizmente, no decorrer dos derradeiros meses, ele não queria nada além da própria música. Talvez ainda despachasse Adeline para arrancar uma promessa de silêncio da aldeia, mas ela apenas fingia ir, confiante que, chegada a hora do concerto começar, Leonard decidiria não se aborrecer com o rádio aquela noite. Em vez disso, preferiria que ela desse corda no gramofone, ajeitasse a corneta, e tocasse para ele a "Fantasia para oboé", as "Canções francesas", e o movimento lento da "Sinfonia pagã".

Aqueles haviam sido dias magníficos em Berlim, Leipzig, Helsinque, Paris. A Inglaterra era a morte para o verdadeiro artista. Para se ter sucesso lá, era preciso ser um segundo Mendelssohn: era o que eles esperavam, como um segundo Messias. Na Inglaterra, tinham neblina entre os ouvidos. Imaginavam estar falando sobre arte quando apenas falavam de gosto. Não tinham noção de liberdade, das necessidades do artista. Tudo se resumia a Jesus e a casamentos na City de Londres. Sir Edward Elgar, nobre, Ordem do Mérito, Mestre de Música Real, baronete, marido. "Falstaff" era uma obra de valor, havia bons trechos na Introdução e no Allegro, mas desperdiçara tempo com Jesus, com aqueles infernais oratórios. Ora! Se tivesse vivido bastante, teria musicado a Bíblia inteira.

Não era permitido ser artista na Inglaterra. Era possível ser pintor, compositor ou escrevinhador de algum tipo, mas aqueles nebulosos cérebros não compreendiam a premissa essencial para essas referidas profissões: a de *ser um artista*. No continente europeu, não se ria dessa idéia. Ele vivera belos momentos, magníficos dias. Com Busoni, com Sibelius. Sua excursão a pé pelo Tirol, quando lera seu amado Nietzsche em alemão. O cristianismo prega a morte. O pecado é uma invenção judaica. A castidade produz tanta sordidez na alma quanto a luxúria. O homem é o mais cruel dos animais. Sentir pena é ser fraco.

Na Inglaterra, a alma vivia de joelhos, arrastando-se em direção ao Deus inexistente, tal como um açougueirozinho qualquer. A religião envenenara a arte. "Gerontius" era repugnante. Palestrina era matemática. O cantochão era água de sarjeta. Precisava-se abandonar a Inglaterra para encontrar as encostas mais altas, para deixar que a alma levantasse vôo. Aquela confortável ilha fazia a gente sucumbir na moleza e na trivialidade, em Jesus e no casamento. A música é uma emanação, uma exaltação do espírito, e como pode a música fluir quando o espírito está preso e confinado? Ele explicara tudo isso a Adeline logo que a conhecera. Ela compreendera. Fosse ela uma inglesa, teria esperado que ele tocasse órgão no domingo e a ajudasse a encher os potes com geléia. Mas Adeline era, ela mesma, uma artista na época. A voz era meio áspera, mas mesmo assim expressiva. E percebera que se ele fosse seguir seu destino, a arte dela teria de se submeter à dele. Era impossível alçar vôo manietado. Ela também compreendera isso, na época.

Era positivamente importante para ele que ela admirasse as "Quatro estações inglesas". Ela estava se tornando cada vez mais convencional e com os ouvidos entupidos de neblina: a praga da idade. Enxergara finalmente diante dela a imensidão do vazio, e não sabia como reagir. Ele sabia. Ou você se amarrava ao mastro, ou era levado. Por isso, mantinha-se cada vez mais severa e deliberadamente fiel aos rigorosos princípios de arte e de vida que passara tanto tempo a afirmar. Se você fraquejasse, estava perdido, e não demoraria que a casa estivesse cheia do padre, do telefone e das obras completas de Palestrina.

Quando chegou o telegrama de Boult, mandou Marie-Thérèse não mencionar o fato a Madame, sob pena de demissão. Em seguida fez mais uma cruz, a lápis, ao lado do concerto de quinta-feira no *Radio Times*. – Vamos escutar esse aqui – informou ele a Adeline. – Avise à aldeia. – Enquanto ela olhava para o jornal, além dos dedos dele, podia perceber o ar perplexo dela. Uma abertura de Glinka, seguida de Schumann e Tchaikovsky: dificilmente poderia ser considerado um programa ao gosto de Leonard Verity. Nada de Grieg, tampouco Busoni ou Sibelius. – Iremos descobrir o que meu jovem paladino faz com essa velharia – disse ele à guisa de explicação. – Avise à aldeia, compreende? – Sim, Leonard – respondeu ela.

Ele sabia que era uma de suas obras-primas; ele sabia que se ela a ouvisse de verdade, reconheceria isso. Mas devia assaltá-la de repente. O encanto da abertura da bucólica então lembrada, com um pianíssimo *cor anglais* envolto no mais repousante sussurro das violas em surdina. Ele imaginava a delicada transformação no rosto dela, seus olhos voltando-se para ele, como haviam feito em Berlim e Montparnasse... Ele a amava suficientemente para dedicar-se à tarefa de salvá-la de sua própria e tardia personalidade. Mas também devia existir verdade entre eles. Enquanto ela endireitava o cobertor dele, ele falou de modo abrupto: – Esse negócio não vai ser curado por *le coup du chapeau*, sabe.

Ela fugiu do quarto em lágrimas. Ele não podia calcular se causadas pelo seu reconhecimento da morte ou pela referência que ele fizera às suas primeiras semanas juntos. Talvez por ambos os motivos. Em Berlim, onde haviam se conhecido, ele deixou de comparecer a seu segundo encontro, mas em vez de se sentir ofendida, como qualquer mulher faria, Adeline fora até o quarto dele, encontrando-o derrubado pela gripe. Ele se lembrava do chapéu de palha dela, que usava a despeito do avanço da estação, seus olhos grandes e límpidos, dos frios filamentos de seus dedos, e da curva de seus quadris quando ela se virou.

— Vamos curá-lo com *le coup du chapeau* — afirmara ela. Era aparentemente algum procedimento médico, ou, mais provavelmente, alguma superstição dos camponeses de sua região. Ela declinou elucidar a questão, indo embora e voltando com uma garrafa embrulhada. Disse a ele que se pusesse confortável e juntasse os pés. Quando estes formaram um macio *puy* na cama, ela achou o chapéu e pendurou-o em seus pés. Em seguida, serviu-lhe uma grande dose de conhaque, dizendo-lhe que a bebesse. Naquela época ele preferia cerveja a destilados, mas fez o que lhe mandaram, maravilhando-se com a improbabilidade daquela cena na Inglaterra.

Depois de dois copos bem cheios, ela perguntou se ele ainda conseguia ver seu chapéu. Ele respondeu: claro que sim. — Continue a observá-lo — dissera ela, servindo-lhe um terceiro copo. Estava proibido de falar, e agora não tinha recordações do que ela havia comentado. Apenas bebia e observava seu chapéu. Finalmente, na metade do quinto copo, começara a dar risadinhas, afirmando: — Consigo ver dois chapéus.

— Ótimo — disse ela de repente, brusca. — Então o remédio está fazendo efeito. — Ela tocara a mesma corda tensa na testa dele e fora embora, levando a garrafa consigo. Ele caiu num coma e acordou, vinte horas depois, sentindo-se muito melhor. Quanto mais não fosse, pelo fato de que, quando abriu os olhos e olhou para os pés, não havia chapéu à vista, somente o perfil de sua querida Adeline, sentada numa cadeira baixa, lendo um livro. Foi então que lhe disse que se tornaria um grande compositor. Opus I, composto para quarteto de cordas, flauta, mezzo-soprano e sousafone, seria chamado "Le coup du chapeau". Empregando seu recém-descoberto método do impressionismo cinético, descreveria os padecimentos de um pobre artista curado da gripe e da paixão amorosa, por uma bela auxiliar e uma garrafa de conhaque. Aceitaria ela a dedicatória, perguntara ele. Somente se admirasse a obra, respondera ela com um entortar coquete do rosto.

— Se eu a compuser, você vai admirá-la. — A afirmação não era vaidosa ou autoritária, era justamente o inverso. Nossos destinos, quis ele dizer, estão agora unidos, e considerarei sem valor qualquer composição minha que deixe de te agradar. Foi essa a intenção de suas palavras, e ela compreendera.

Agora, lá embaixo na cozinha, tirando a gordura de alguns ossos para fazer a sopa de Leonard, ela lembrou-se daqueles primeiros meses em Berlim. Como ele era alegre, com sua bengala, sua piscadela maliciosa, e seu repertório de canções de cabaré: como não se parecia nada com o rígido inglês do estereótipo racial. Que paciente diferente fora naqueles dias, quando ela lhe aplicara *le coup du chapeau*. Fora o começo do amor deles; agora ela cuidava novamente dele, em seu fim. Em Berlim, quando se recuperara, prometera que ela seria uma grande cantora e ele um grande compositor, ele comporia música para a voz dela e juntos conquistariam a Europa.

Não acontecera. Ela duvidara mais do próprio talento do que ele duvidara do seu. Fizeram, ao invés disso, um pacto de artistas. Uniram-se, espíritos gêmeos na vida e na música, embora jamais no casamento. Pairariam sobre as coações que governavam a existência da maioria das pessoas, preferindo as coações mais elevadas da arte. Repousariam leves sobre o solo para melhor alçar vôo nas alturas. Não se deixariam enredar pela banalidade da vida. Não teriam filhos.

E assim tinham vivido: em Berlim, Leipzig, Helsinque, Paris, e agora num vale escavado com delicadeza ao norte de Coulommiers. Haviam pousado leves sobre o solo por mais de duas décadas. A fama de Leonard crescera, e com ela seu isolamento. Não havia telefone na casa; os jornais eram proibidos; o potente rádio só era usado para ouvir concertos. Os jornalistas e seus comparsas eram proibidos de entrar; a maioria das cartas ficava sem resposta. Uma vez por ano, até que Leonard adoecesse, eles viajavam para o sul, para Menton, Antibes, Toulon, lugares destoantes onde Leonard se preocupava com seu vale úmido e o rigor solitário de sua vida normal. Nessas viagens, Adeline às vezes ficava propensa a lamentações mais agudas, pela família com a qual tinha brigado durante todos esses anos. Num café qualquer, seu olhar poderia descansar em algum lírico rapaz, que ela haveria de considerar, durante breve tempo, como um sobrinho desconhecido. Leonard fazia pouco dessas especulações, como sentimentalismo.

Para Adeline, a vida de artista começara calorosa e gregária;

agora terminava na solidão e austeridade. Quando ela, nervosa, sugerira a Leonard que possivelmente se casassem, isto somente implicava duas coisas. Primeiro, que assim ela poderia proteger melhor sua música e controlar seus direitos autorais; e segundo, egoisticamente, que ela poderia continuar morando na casa que eles compartilharam por tanto tempo.

Ela explicou a Leonard a inflexibilidade da lei francesa em relação ao concubinato, mas ele não queria saber. Ficara zangado, batendo com as tenazes no assoalho, de modo que Marie-Thérèse viera correndo. Como podia ela pensar em trair os princípios de sua vida conjunta? A música dele não pertencia a ninguém, a não ser a todo o planeta. Ou seria tocada após sua morte, ou não seria, dependendo da inteligência do mundo; era só isso que havia a dizer. Quanto a ela, não percebera na época em que haviam feito seu pacto que buscava vantagens financeiras, e se fora isso que a motivara, que pegasse então qualquer dinheiro que encontrasse na casa, enquanto ele jazia em seu leito de morte. Ela podia muito bem voltar para sua família e mimar os sobrinhos imaginários sobre os quais vivia se lamentando. Olhe aqui, tire o Gauguin da parede e venda-o, se essa for sua preocupação. Mas pare de choramingar.

— Está na hora — avisou Leonard Verity.
— Sim.
— Vamos ver de que é feito meu jovem paladino.
— Ah, Leonard, vamos ouvir a "Fantasia para oboé" de novo.
— Ligue-o, mulher. Estamos quase na hora.

Enquanto o rádio aquecia devagar, zumbindo, e a chuva tocava um delicado *pizzicato* na janela, ela disse a si mesma que não importava o fato de não ter conseguido avisar à aldeia. Ela duvidava que ele insistisse além da abertura, até "Ruslan e Ludmilla", de todo modo bastante estridente para atravessar qualquer interferência atmosférica.

"Queen's Hall... Concerto Convidado... Diretor Musical da BBC..." Eles ouviam a litania de costume em suas posições normais: ele, suspenso em cima da cama; ela, na cadeira de vime baixa, perto do gramofone, no caso de precisar ajustar a sintonia.

"Uma mudança no programa previamente divulgado... Glinka... uma nova obra do compositor inglês Leonard Verity... em homenagem a seu septuagésimo aniversário no ano passado... 'Quatro estações'..."

Ela deu um uivo. Ele jamais ouvira semelhante ruído saído dela. Lutando com dificuldade, ela fez força e conseguiu descer, ignorando Marie-Thérèse, saindo para uma tarde escura e úmida. A seus pés, a aldeia era uma barulheira só, espocando de luzes: motores gigantescos giravam e roncavam. Começara uma quermesse em sua cabeça, com motores de tração e holofotes, os tropeços cômicos do realejo, os pequenos estalidos do tiro-ao-alvo, o descuidado sopro das cornetas e trompetes, risos, medo de mentira, lâmpadas a espocar e estúpidas canções. Ela desceu correndo a trilha até o primeiro desses locais orgiásticos. O velho *boulanger* virou-se curioso na hora em que a mulher molhada, descontrolada, e escassamente vestida, irrompeu dentro da padaria do filho, deu-lhe um olhar de louca, um uivo, e saiu correndo de novo. Ela, que durante anos fora tão prática, tão rápida e eficiente com a aldeia, não conseguia sequer se fazer entender. Queria obrigar toda a região a fazer silêncio, com raios desferidos pelos deuses. Entrou correndo no açougue, onde Madame fazia funcionar sua potente turbina: uma correia vibrando, um berro atormentado, sangue em todo canto. Correu até a fazenda mais próxima e viu a ração de centenas de milhares de cabeças de gado ser misturada e transportada por centenas de bombas elétricas. Correu até a casa americana, porém suas batidas na porta não conseguiram ser ouvidas acima das frenéticas descargas de uma dúzia de latrinas elétricas. A aldeia conspirava, do mesmo modo que o mundo sempre conspirava contra o artista, esperando que ele se tornasse mais fraco, para destruí-lo. O mundo fazia-o displicentemente, sem saber por quê, sem ver por quê, simplesmente virando uma chave com um fortuito clique. E o mundo nem sequer notava, nem ouvia, tal como eles agora pareciam não ouvir as palavras que saíam de sua boca, aqueles rostos reunidos à sua volta, olhando-a fixamente. Ele tinha razão, é claro, ele tinha razão, sempre tivera razão. E ela o traíra no final, ele também tinha razão quanto a isso.

INTERFERÊNCIA

Na cozinha, Marie-Thérèse permanecia numa constrangida cumplicidade com o cura. Adeline foi lá para cima, para o quarto, fechando a porta. Ele estava morto, é claro, ela sabia. Seus olhos estavam fechados, seja por obra da Natureza, ou pela interferência humana. Seu cabelo parecia recém-penteado, e sua boca estava virada para baixo num derradeiro amuo. Ela soltou as tenazes de sua mão, tocou sua testa de mão aberta, em seguida deitou na cama a seu lado. Seu corpo não cedera mais na morte do que cedera na vida. Finalmente, ela ficou quieta, e à medida que recuperou seu juízo, deu-se conta vagamente do concerto para piano de Schumann a lutar contra a estática.

Mandou buscar um *mouleur* em Paris, que fez um molde do rosto do compositor, e um de sua mão direita. A BBC anunciou a morte de Leonard Verity, mas já que haviam transmitido tão recentemente sua última obra, qualquer outro tributo musical fora julgado desnecessário.

Três semanas depois do funeral, um pacote quadrado com a indicação "frágil" chegou à casa. Adeline estava sozinha. Removeu o lacre dos dois gordos nós, desdobrou folhas de papelão corrugado, e encontrou uma carta obsequiosa do diretor da gravadora. Ela tirou cada uma das "Quatro estações inglesas" de seus rígidos envelopes pardos, e descansou-os em seus joelhos. Displicente, metodicamente, como Leonard teria gostado, arrumou-as em ordem. Primavera, Verão, Outono, Inverno. E olhou fixamente para a borda da mesa da cozinha, ouvindo outras melodias.

Elas quebraram como biscoito. O polegar dela sangrava.

ENTRONCAMENTO

Domingo era dia de cortar o cabelo e dar banho nos cachorros. O grupo francês que partiu de Rouen ficou de início desapontado. Mme. Julie ouvira falar de ciganos, *banditti*, israelitas errantes e gafanhotos, a devastarem a região. Perguntara a seu marido se não deviam levar algum tipo de proteção; porém o dr. Achille preferira depender, tanto para se orientar quanto para uma possível defesa, de Charles-André, um de seus estudantes de medicina, um vigoroso e tímido rapaz nascido na grande planície calcária além de Barentin. O povoado de barracões, entretanto, revelou-se silencioso. Tampouco essa tranqüilidade era oriunda do estupor do álcool, já que os homens só seriam pagos no final do mês, e só então embarcariam num belicoso salve-se-quem-puder, gastando seus ordenados em cabarés e sórdidas tabernas, bebendo conhaque francês como se fosse cerveja inglesa, embriagando-se e fazendo a embriaguez durar até tudo voltar ao normal, até que os cavalos na frente de trabalho já tivessem descansado por três dias inteiros. De fato, porém, o que o grupo francês descobriu foi a tranqüilidade de um repouso ordeiro. Um capataz num colete de pelúcia escarlate e culotes de veludo cotelê, sendo barbeado por um barbeiro francês itinerante, trocava educadamente seu cachimbo curto de um lado para outro da boca, de modo a facilitar a tarefa. Ali perto, um peão ensaboava seu vira-lata, que gania diante desta indignidade, fazendo menção de morder seu dono, recebendo uma dura palmada em resposta. Do lado de fora de um barracão baixo coberto de turfa, uma velha bruxa jazia ao lado de um panelão de sopa, dentro de cujo caldo cinza e turbulento uma dúzia ou mais de grossos fios de barbante mergulhavam. Cada barbante trazia, em sua extremidade seca, um grande rótulo marrom. Charles-André ouvira dizer de um colega estudante que um peão inglês era capaz de comer até cinco quilos de carne num dia comum. Mas não tiveram condições de verificar tal proeza, pois a aproximação deles era desencorajada pela bruxa, que batia com sua concha na panela como se quisesse expulsar demônios.

Yorkey Tom tinha orgulho de ser um dos homens de Brassey. Alguns deles o acompanhavam desde o início, como Bristol Joe e Tenton Punch e Hedgehog e Streaky Bill e Straight-up Nobby. Com ele, de Chester e Crewe, a Londres e Southampton, até mesmo no Grande Entroncamento. Se um peão adoecesse, o sr. Brassey o sustentava até que estivesse em condições de trabalhar; se algum deles morria, ele cuidava de seus dependentes. Yorkey Tom já assistira a algumas mortes à sua época. Homens esmagados por desmoronamento de pedras, dinamiteiros mandados desta para melhor pelo uso descuidado de pólvora, rapazes cortados ao meio sob as rodas de vagões de terra. Quando Three-Finger Slen perdeu os sete dedos restantes e os dois antebraços, o sr. Brassey pagou-lhe quarenta libras, e teria pago sessenta se Three-Finger não estivesse embriagado na ocasião e empurrado o freio com seu próprio ombro. O sr. Brassey tinha modos delicados, mas era firme em suas decisões. Pagava bem por trabalho bem-feito; sabia que homens mal pagos levavam o serviço na flauta e eram muito menos exigentes quanto ao trabalho; também sabia detectar sinais de fraqueza quando os encontrava, e não permitia a instalação de armazéns que trocassem seus artigos pelos ordenados, ou que vendedores de cerveja ambulantes fizessem negócio entre seus homens.

O sr. Brassey os ajudara durante aquele diabólico inverno, três anos atrás. Peões famintos fazendo ajuntamentos nos bulevares de Rouen; o trabalho na linha de Paris paralisado, e nada em oferta lá na Inglaterra. A caridade e os sopões mantiveram-nos vivos. Fazia tanto frio que a caça enterrara-se na terra; o mestiço de Streaky Bill mal chegou a desentocar uma lebre durante todo o inverno. Foi quando o jovem sr. Brassey, filho do empreiteiro, tinha vindo e visto apenas peões ociosos, passando fome. O pai dele repetia com ênfase e regularidade que a filantropia não era substituta para o trabalho duro.

E eles enfrentaram trabalho duro regularmente, desde a primavera de 1841, quando haviam começado os 131 quilômetros de Paris a Rouen. Cinco mil trabalhadores britânicos trazidos pelo sr. Brassey e pelo sr. Mackenzie não foram suficientes; os empreiteiros foram obrigados a contratar um segundo exército de gente do continente, mais cinco mil: franceses, belgas, piemonteses, polacos, holandeses, espanhóis. Yorkey Tom ajudara a treiná-los. Ensinou-os a comer carne. Ensinou-lhes o que era esperado deles. Rainbow Ratty tinha o melhor método: costumava enfileirá-los, apontar para a tarefa a ser feita, bater os pés e gritar *M...da*.

Ele agora estava sendo examinado por Mossoo Frog e sua Madame e por um garoto que se deixava ficar atrás, à espreita, olhando. Bem, que olhassem. Que vissem com que cuidado o Barbeiro Mossoo manejava sua navalha; todo mundo sabia o que acontecera quando Pigtail Punch sangrara devido a um corte descuidado. Agora comentavam seu colete e seus culotes, como se ele fosse algum espécime nos jardins zoológicos. Talvez devesse rosnar, mostrar os dentes, bater os pés e gritar *M...da*.

O cura de Pavilly era um entusiasmado da fé, protetor de seu rebanho, e, no íntimo, desapontado com o mundanismo tolerante de seu bispo. O *curé* era dez anos mais novo do que o século, e fora seminarista durante as ocorrências heréticas e blasfemas de Ménilmontant; mais tarde, experimentara um alegre alívio no julgamento de 1832 e no desbaratamento da seita. Embora seus atuais paroquianos tivessem escasso entendimento das complicações do saint-simonismo – nem mesmo a pretensiosa Mlle. Delisle, que recebera certa vez uma carta de Mme. Sand –, o padre achava útil aludir em seus sermões ao *Nouveau Christianisme* e ao comportamento diabólico dos seguidores de Enfantin. Eles lhe forneciam úteis e disciplinares exemplos da ubiqüidade do mal. Ele não era daqueles que, em sua contemplação do mundo, confundiam a ignorância com a pureza de espírito; sabia que as tentações haviam sido postas neste mundo para fortalecer a verdadeira fé. Mas também sabia que alguns, ao encontrar as tentações, punham suas almas em perigo e caíam nelas; em sua solidão íntima, ansiava por esses pecadores, tanto atuais quanto futuros.

ENTRONCAMENTO

Na medida em que a Ferrovia Rouen e Le Havre começou a escarafunchar sua curva a noroeste, de Le Houlme em direção a Barentin, e os acampamentos foram se aproximando, na medida em que os animais começaram a sumir e o exército do demônio começou a se aproximar, o cura de Pavilly ficou preocupado.

O *Fanal de Rouen*, que gostava de adotar uma perspectiva histórica em face dos acontecimentos contemporâneos, comentou doutamente que esta não era a primeira vez que *les Rosbifs* haviam facilitado o progresso no sistema de transportes da nação: a primeira estrada entre Lyon e Clermont-Ferrand fora construída por prisioneiros britânicos no reino do imperador Cláudio, em 45-46 d.C. O jornal fez então uma comparação entre o ano de 1418, quando a cidade resistira heroicamente durante meses ao ataque do rei inglês Henrique V e seus temíveis Goddons, e o ano de 1842, quando ela sucumbira sem luta ao poderoso exército de Mr. Thomas Brassey, cujos guerreiros carregam pás e picaretas nos ombros, em vez dos famosos arcos longos. E no final, relatava o *Fanal*, sem chegar a dar seu próprio juízo quanto à questão, algumas autoridades comparavam a construção da Ferrovia Européia à construção das grandes catedrais da Idade Média. Os engenheiros e empreiteiros ingleses, segundo esses comentaristas, assemelhavam-se aos bandos errantes de artesãos italianos, sob cuja direção os trabalhadores locais haviam erigido seus próprios e gloriosos monumentos a Deus.

– Aquele sujeito ali – disse Charles-André, depois de se afastarem o suficiente do capataz inglês para não serem ouvidos – é capaz de cavar vinte toneladas de terra por dia com a pá. Erguê-las sobre a sua cabeça e despejá-las num vagão. Vinte toneladas!

– Seguramente um monstro – respondera Mme. Julie. – E com uma monstruosa dieta. – Sacudiu sua bela cabeça, e o estudante observou seus cachos tremularem como os pendentes de cristal de um candelabro tocado pela brisa. O dr. Achille, um homem alto, de nariz comprido, com a barba lustrosa e vigorosa do início da meia-idade, corrigiu benevolamente os exageros de sua mulher: – Olhem só para a suntuosa residência do Minotauro e seus colegas. – E apontou para uma série de sórdidos e troglodíticos buracos, escavados diretamente na encosta do morro. Pouco lhe eram superiores os barracões de turfa, longas cabanas comunais e toscos barracos de madeira pelo qual passaram. De um desses abrigos ouviram-se vozes em disputa, entre elas a de uma mulher.

— Devo dizer que a cerimônia de seu casamento é muito pitoresca — comentou Charles-André. — Obrigam o feliz casal a pular por cima de um cabo de vassoura. É só. São então considerados casados.

— Fácil de fazer — disse Mme. Julie.

— E fácil de desfazer — prosseguiu o estudante. Ele aspirava à sofisticação e queria agradar à mulher do médico, embora temesse chocá-los. — Me disseram... dizem que vendem suas mulheres depois de terminados com elas. Vendem-nas... com freqüência... ao que parece... por um galão de cerveja.

— Um galão de cerveja inglesa? — perguntou o médico, pondo o estudante à vontade com a leveza de seus modos. — Ora, isso é realmente um preço muito baixo. — Sua mulher golpeou-o brincalhonamente no braço. — Eu não a venderia, minha querida, por menos do que um tonel do mais fino Bordeaux — prosseguiu ele, sendo novamente golpeado, para seu grande prazer. Charles-André tinha inveja de semelhante intimidade.

Ao construir os 131 quilômetros da Ferrovia Paris-Rouen, Mr. Joseph Locke, o engenheiro, teve apenas de seguir a preguiçosa descida do rio Sena entre aquelas duas grandes cidades. Porém ao estender a linha até Le Havre — onde ela faria conexão com as linhas de vapores que atravessavam o canal da Mancha, e por conseguinte com a Ferrovia Londres–Southampton, completando a linha de Paris a Londres — viu-se obrigado a enfrentar as mais extenuantes proezas de engenharia. Essas dificuldades refletiram-se no preço da concorrência: 9.800 libras por quilômetro da Paris–Rouen, aumentadas para 14.400 libras por quilômetro para a extensão de 93 quilômetros entre Rouen e Le Havre. Além do mais, o governo francês insistia que se fizesse uma investigação sobre o gradiente projetado para a linha. Mr. Locke propusera inicialmente um máximo de 1 para cada 110. Alguns franceses argumentavam a favor de 1 para cada 200, por razões de segurança, proposta que teria imposto um caminho mais longo, ou então obrigado a muito mais cortes e aterros, o que aumentaria substancialmente os custos. Finalmente chegou-se a um compromisso quanto ao gradiente, 1 para 125.

O sr. Brassey instalara-se novamente em Rouen, desta vez acompanhado por sua mulher, Maria, que falava fluentemente francês e podia atuar como intérprete junto aos funcionários do ministério francês. Foram cumprimentar o cônsul e deram a conhecer sua presença na igreja anglicana de All Saints, na Ile Lacroix. Eles pediram informações sobre uma biblioteca circulante de livros ingleses, mas nenhuma fora ainda criada. Em seus momentos de lazer, a sra. Brassey visitava os grandes prédios góticos da cidade: St-Ouen, com seu imponente trifório e resplandecente rosácea; St-Maclou, com suas portas entalhadas e grotesto "Último julgamento"; e a Catedral de Notre-Dame, onde um sacristão em plenas insígnias, com chapéu de plumas, espadim e bastão, impôs-lhe sua presença. Ele chamou atenção para a circunferência do sino Amboise, para o sepulcro de Pierre de Brézé, para a efígie de Diane de Poitiers e uma estátua mutilada do túmulo de Ricardo Coração-de-Leão. Mostrou a janela do Gárgula, e contou novamente a lenda da Tour de Beurre, erigida no século XVII e paga com indulgências para poder comer manteiga durante a Quaresma.

Os homens do sr. Brassey pegaram a linha, no terminal Paris–Rouen, jogaram-na do outro lado do Sena, por uma nova ponte, em seguida entortaram-na em direção ao norte numa volta no meio dos morros e dos vales da cidade. Construíram o túnel de Ste-Catherine, de 1.600 metros de comprimento; levantaram o viaduto Darnétal; escavaram os túneis de Beauvoisine, St-Maur e Mont Riboudet. Atravessaram o rio Cailly logo ao sul de Malaunay. Adiante ficava o rio Austreberthe, que deveria ser atravessado em Barentin por um belo e elegante viaduto. A sra. Brassey informou a seu marido sobre a Tour de Beurre, e ficou imaginando quais os prédios que poderiam ser construídos, na época atual, pela venda de indulgências.

"Preparai o caminho do Senhor; endireitai no ermo uma vereda a nosso Deus. Todo vale será aterrado e nivelados todos os montes e outeiros; o que é tortuoso será retificado, e os lugares escabrosos aplanados." Os habitantes reunidos de Pavilly esperavam que lhes fosse devidamente feito um apelo para melhorar o caminho tortuoso que ia da igreja ao cemitério. Mas pareceu não haver nenhuma ligação imediata entre a citação introdutória do cura, tirada do Livro de Isaías, e seus comentários subseqüentes. Ele começou a alertar seu rebanho, e não pela primeira vez, contra os perigos de uma doutrina de que poucos haviam ouvido falar, e pela qual menos ainda seriam tentados. O fazendeiro que cultivava a terra em Les Pucelles remexia-se impaciente diante do estilo culto do sacerdote. No banco de trás, Adèle, naquela semana forçada a trabalhar mais do que de costume por sua patroa, bocejava abertamente.

O cura explicou como as heresias mais perigosas contra a doutrina cristã eram exatamente as que se propunham ser uma versão agradável e sedutora da verdadeira fé: assim eram os caminhos do Diabo. O Comte de Saint-Simon, por exemplo, afirmara, entre outros assuntos, que a sociedade precisava se esforçar para melhorar a existência física e moral das classes mais pobres. Essa idéia não era estranha àqueles que tinham familiaridade com os ensinamentos de Nosso Senhor em seu Sermão da Montanha. E não obstante, o que pretendiam de fato, a um exame mais atento, os heréticos? Que o comando da sociedade, da sociedade cristã, fosse entregue aos homens de ciência e aos capitães da indústria! Que a liderança espiritual do mundo fosse retirada do Santo Padre e transferida para os fabricantes de máquinas!

Além disso, de que maneira haviam os seguidores desse falso profeta se comportado quando se agruparam numa comunidade pecaminosa para perseguir os princípios de seu iníquo líder? Haviam adotado publicamente a comunidade dos bens, a abolição do direito de herança, e a libertação das mulheres. Isso tudo significando que pessoas do sexo oposto viviam em comum, como os rudes polígamos do Oriente; ao mesmo tempo que proclamavam a igualdade do homem e da mulher, praticavam descaradamente a prostituição. O *curé* de Pavilly poupou seus ouvintes da teoria sobre a reabilitação da carne, que ele mesmo, sem maiores exames, sabia ser blasfema, alertando-os, de preferência, sobre os perigos de modos estranhos e excêntricos de se vestir. Aqueles que se opunham à verdadeira autoridade divina optavam com freqüência por se distinguir por meio de algum uniforme. Assim, na sociedade comunista de Ménilmontant, vestiam calças brancas para simbolizar o amor, um colete vermelho para simbolizar o trabalho, e uma túnica azul para simbolizar a fé. Esta última vestimenta fora feita de modo a abotoar nas costas, particularidade que os polígamos afirmavam ser sinal de sua fraternidade, já que ninguém podia vestir sua túnica sem a ajuda de um outro. O *curé* deixou que neste ponto se fizesse um pouco de santo silêncio, durante o qual uma parte de sua congregação adivinhou corretamente o que ele sentia ser impossível exprimir: que os polígamos, portanto, também eram incapazes de se despir sem ajuda.

Adèle, no último banco, prestava agora plena atenção, fitando os botões na frente da batina do padre, como se estivesse fitando a própria virtude; ao mesmo tempo, lembrava de um colete escarlate de pelúcia no qual pusera os olhos alguns dias atrás. O *curé* proclamou a intenção de voltar ao mesmo assunto no domingo seguinte, e começou a bênção.

O grupo francês andou até o corte. Devido à notória irreligiosidade dos peões ingleses, tinham a viva expectativa de verem pelo menos alguns homens trabalhando no dia santificado; porém tudo permanecia em silêncio. A terra eventrada mostrava tranqüilamente suas largas listras de caulim branco, saibro amarelo e barro laranja. O dr. Achille admirou a precisa incisão que aqueles homens rudes haviam feito na pele do planeta.

Dentro da ravina calcária, as trilhas dos carrinhos estavam desertas. Charles-André, escavador amador, tentou explicar a maneira como funcionavam: as pranchas estendidas pela íngreme encosta, o poste no alto do barranco, a roldana em cima do poste, o cavalo atado à corda para ajudar o peão a empurrar seu carrinho cheio colina acima. Charles-André fora testemunha de enormes pesos deslocados por esse método; também vira a lama descendo pelas pranchas molhadas, um cavalo em pânico incapaz de se manter direito sobre suas patas, e um peão saltando de lado para evitar que fosse esmagado por seu próprio carrinho... Somente os sujeitos mais fortes, os gigantes do empreendimento, tinham a fortaleza e a intrepidez para executar semelhante trabalho.

— Cinco quilos de carne — comentou o dr. Achille.

— Mesmo assim — disse Mme. Julie, refletindo sobre os consideráveis perigos do empreendimento — é de se imaginar, por quê, com certa engenhosidade, não poderia uma máquina erguer ela mesma a terra?

— Inventaram uma, parece. Uma plataforma móvel. Os peões julgaram-na uma ameaça a seus empregos, e destruíram-na.

— Ainda bem que não são santos — ajuntou Achille.

Enquanto voltavam devagar para o acampamento, ouviram um idioma que não era exatamente o seu, e que, no entanto, também não era uma língua estrangeira. Dois sujeitos consertavam uma pá, cujo cabo se soltara do metal. O sujeito maior que dava instruções era um capataz inglês, e o menor, dono da pá, um camponês francês. O *patois* deles, ou língua franca, era parte inglês, parte francês, e o resto uma *olla podrida* de outras línguas. Mesmo as palavras conhecidas dos ouvintes eram forçadas a adotar uma forma distorcida, enquanto a gramática era violentamente arrancada de sua ortodoxia. E no entanto, os consertadores da pá, fluentes nesta língua macarrônica, entendiam-se à perfeição.

— É assim que falaremos no futuro — alegou o estudante com súbita certeza. — O fim dos mal-entendidos. As nações acertarão suas diferenças tal como aqueles sujeitos estão consertando sua pá.

— O fim da poesia — disse com um suspiro Mme. Julie.

— O fim das guerras — redargüiu Charles-André.

— Besteira — respondeu o dr. Achille. — Apenas poesia diferente, guerras diferentes.

O *curé* de Pavilly voltou ao capítulo XL do Livro de Isaías. Adèle fitava os botões virtuosos do padre, mas ele não tinha mais nada a dizer sobre a importância da vestimenta. Em vez disso, começou a explicar como o julgamento e a condenação dos polígamos de Ménilmontant, por atos prejudiciais à ordem social, cortaram uma das cabeças da hidra, mas outras haviam crescido em seu lugar. Aquilo que a doutrina herética não tivera êxito em alcançar seria por outro lado realizado pela engenharia. Era de conhecimento geral que muitos membros da seita desbaratada atuavam agora como cientistas e engenheiros, espalhando-se como um cancro pelo corpo da França. Alguns deles vinham propondo há anos a construção de um canal no istmo de Suez. E também havia aquele judeu, Pereire, que proclamava abertamente que a ferrovia era um instrumento da civilização. Comparações blasfemas já haviam sido feitas com aqueles santos artesãos que construíram as grandes catedrais. O *curé* protestava: analogia mais exata seria com os construtores pagãos das pirâmides do antigo Egito. Os engenheiros ingleses e seus ímpios peões vinham apenas levantar as novas loucuras da idade moderna, manifestar de novo o orgulho do homem em sua adoração a falsos deuses.

Não queria dizer que semelhante construção de estradas era em si mesma contrária à fé cristã. Se todo vale for aterrado, se o que é tortuoso for retificado e os lugares escabrosos aplanados, conforme fora feito no cruzamento do rio Cailly, perto de Malaunay, e com o viaduto projetado de Barentin, então semelhantes feitos devem ocorrer, segundo instruiu Isaías, para preparar o caminho do Senhor, para preparar uma estrada no deserto para Deus. Se os esforços do homem não forem guiados pelo propósito mais elevado da lei divina, então o homem permaneceria um bicho tosco e suas maiores obras não passariam do pecado do orgulho.

Na última fileira, Adèle cochilava. O fazendeiro que cultivava a terra em Les Pucelles, tendo lucrado bem com a desapropriação exigida pela Ferrovia Rouen e Le Havre, e tendo contribuído publicamente para o Fundo Diocesano de Auxílio aos Órfãos e Viúvas, reclamou por escrito ao bispo da tendência do jovem padre à fulminação teórica. O que a paróquia precisava era a simples instrução moral sobre assuntos de interesse e preocupação locais. O bispo chamou devidamente a atenção do *curé* de Pavilly, enquanto congratulava-se simultaneamente consigo mesmo por sua argúcia em colocar o rapaz a uma distância segura da cidade. Que ele gastasse sua ira e seu fogo entre almas simples, onde pouco mal poderia ser feito. A Igreja era um lugar de fé, não de idéias.

O grupo francês continuou seu caminho de volta até as primeiras cabanas do povoado de barracões.

— Então não fomos atacados por *banditti*? — comentou Achille.
— Ainda não — respondeu sua mulher.
— Nem roubados por ciganos?
— Não.
— Nem atacados por uma praga de gafanhotos?
— Não exatamente.
— Nem vimos os escravos das pirâmides serem chicoteados?

Ela bateu voluvelmente no braço dele, e ele sorriu.

O peão que ensaboava seu vira-lata se fora.

— Esses cães são ensinados a matar a nossa caça — reclamou Charles-André. — Dois deles conseguem derrubar um carneiro adulto, dizem.

Porém o bom humor do dr. Achille não podia ser perturbado.

— Existem coelhos suficientes em nosso país. Eu trocaria uma ferrovia por alguns coelhos.

Yorkey Tom estava sentado na mesma cadeirinha dura de antes, esquentando seu queixo recém-barbeado ao sol. O cachimbo curto, bem seguro no canto da boca, quase apontava para a vertical e seus olhos pareciam fechados com força. Com cautela, o grupo francês fez uma nova observação do feroz consumidor de carne, daquele robusto comedor de carniça. O capataz não adotara nada do modo francês de vestir. Trajava um casaco de veludo de costas quadradas, um colete de pelúcia escarlate decorado com pequenas bolinhas pretas, e culotes de veludo cotelê amarradas na cintura com uma correia de couro, tendo ainda mais correias nos joelhos, abaixo dos quais robustas panturrilhas desciam até se encaixar em grossas botas meio altas. A seu lado, num banquinho, jazia um chapéu de feltro branco com a pala virada para cima. Parecia exótico, porém robusto, um bicho estranho que, não obstante, não abandonava o terreno do senso comum. Ficou também bastante satisfeito ao ser observado, pois a pálpebra que ele mantinha um quarto aberta para vigiar seu chapéu permitiu-lhe também uma visão daqueles boquiabertos comedores de sapo.

Guardavam ao menos uma polida distância. Ele já estava praticamente há cinco anos na França, e durante esse período fora cutucado e futucado, olhado com curiosidade e cuspido; haviam açulado cães contra ele, e valentões locais cometido o equívoco de testar sua força. Por outro lado, também fora aplaudido, recebera beijocas, fora abraçado, alimentado e festejado. Em muitas regiões, os franceses encaravam as escavações como uma espécie de diversão gratuita, e os peões ingleses às vezes davam espetáculo de quão duro conseguiam trabalhar. Ginger Billy, que tomara uma francesa como mulher durante dois anos na Paris-Rouen, traduzia as variadas expressões de espanto deles, que Yorkey Tom e sua turma gostavam de provocar. Eram reis em seu trabalho, e o sabiam. Levava um ano para endurecer um saudável trabalhador rural inglês até transformá-lo num peão; a transformação era ainda maior quando se tratava de um pernalta francês que só comia pão, legumes e frutas, e que precisava descansar com freqüência, e de um estoque de lenços para enxugar seu pobre rosto.

Agora, o grupo francês teve sua atenção atraída por uma briga vinda de uma cabana vizinha. A velha bruxa puxava um dos grossos barbantes, que mergulhava no lodo e na sujeira dentro do seu panelão. Ao lado dela jazia um gigante barbado a rosnar, verificando com desconfiança o hieróglifo amarrado na extremidade do barbante. E lá veio um quarto de carne submersa, trespassado ao meio pelo barbante. A bruxa velha jogou-o num prato e acrescentou um naco de pão. O peão barbado transferiu agora sua desconfiança do rótulo para a carne. Nas poucas horas em que esteve sob a guarda dela, pareceu ter perdido algo de sua forma, grande parte de sua cor, e toda sua identidade. O gigante começou a imprecar contra ela, embora fosse impossível dizer se devido à sua culinária, ou desonestidade; embora ambas as partes fossem inglesas, seus berros e uivos eram expressos na excludente língua franca dos acampamentos.

Ainda a sorrir dessa comédia, o grupo francês voltou à sua carruagem.

O *curé* de Pavilly, chamado à ordem por seu bispo, abandonou o reino do teórico. Era seu dever alertar seus paroquianos, nos termos mais severos, contra o contato com o exército de filisteus e bárbaros que se aproximava. Conduzira uma investigação, chegando a ir em pessoa até eles, obtendo as seguintes informações. Primeiro, que eles não eram cristãos nem na obediência à fé nem em seu comportamento moral. Como prova disso, haviam rejeitado seus nomes de batismo, preferindo ser conhecidos por falsos nomes, sem dúvida com a intenção de confundir as forças da ordem. Não observavam o domingo, trabalhando no dia santificado, ou então reservando para ele atividades frívolas, como dar banho em seus cães, e chegando a atividades criminosas, como usar esses mesmos cães para roubar caça ou animais de criação. Era verdade que trabalhavam duro, e eram justamente recompensados por seus esforços, porém seus ordenados, três vezes maiores, apenas os precipitavam com um ímpeto três vezes maior na animalidade. Tampouco tinham eles um senso de economia, gastando todo seu dinheiro à medida que o recebiam, de preferência na bebida. Roubavam sem nem sequer tentar esconder o ato. Além do mais, transgrediam as leis do casamento cristão, morando com mulheres num estado de aberta fornicação, chegando a negar a essas mulheres o mínimo de modéstia; seus barracões comunitários não passavam de antros de prostituição. Aqueles que falavam sua própria língua materna viviam blasfemando durante seu trabalho, enquanto aqueles que falavam a língua comum das escavações não eram melhores que os construtores da Torre de Babel – e a Torre não permanecera inacabada, sendo seus confusos construtores espalhados pela superfície da Terra? Final e principalmente, os peões eram blasfemadores por seus próprios atos, já que aterravam os vales a aplanavam os lugares escabrosos perseguindo seus próprios objetivos, indiferentes e desdenhosos dos objetivos do Senhor.

O fazendeiro que cultivava os campos em Les Pucelles balançou a cabeça, concordando com o padre. Por que se freqüentava a igreja, a não ser para escutar uma vigorosa denúncia dos outros e uma confirmação implícita da própria virtude? A garota Adèle, no banco de trás, também vinha prestando bastante atenção, chegando a ficar às vezes boquiaberta.

O grupo francês, que se tornara espectador regular das escavações, que se espantara com a perícia e os perigos desprezados pela corrida dos carrinhos de mão, e viera a compreender por que um peão inglês era pago de três xelins e seis pence a três xelins e nove pence *per diem*, enquanto seu equivalente francês recebia de um xelim e oito pence a dois xelins e três pence, visitou pela última vez os trabalhos da ferrovia lá pelo fim do ano de 1845. O viaduto de Barentin estava então quase terminado. Do outro lado nos campos gelados, observaram a estrutura: trinta metros de altura, 533 metros de comprimento, com 27 arcos, cada um vencendo um vão de 15 metros. Custara, segundo lhes assegurara Charles-André, algo em torno de cinqüenta mil libras inglesas, e seria brevemente inspecionado pelo ministro de Obras Públicas e por outros altos funcionários franceses.

O dr. Achille examinou a lenta curva do viaduto ao atravessar o piso do vale, e contou para si mesmo os elegantes e simétricos arcos. – Não posso imaginar – disse afinal – como meu irmão, que se diz artista, não é capaz de enxergar a imensa beleza da ferrovia. Por que haveria ele de detestá-la tanto? É jovem demais para ser tão antiquado.

– Ele afirma, assim creio – respondeu Mme. Julie com alguma cautela –, que os progressos científicos nos cegam para os defeitos morais. Isso nos dá a ilusão de progresso, o que ele argumenta ser perigoso. Pelo menos, é o que diz – acrescentou ela, como se fizesse uma ressalva.

– Isso combina com seu caráter – disse o marido. – Demasiadamente inteligente para enxergar a simples verdade. Olhe só para aquela construção diante de nós. Um cirurgião poderá agora viajar mais rápido para salvar a perna de algum paciente. Onde fica a ilusão nisso?

No primeiro dia de janeiro de 1846, logo depois da visita aprovadora do ministro de Obras Públicas da França, caiu uma chuva torrencial na região norte de Rouen. Aproximadamente às 6h de 10 de janeiro, o quinto arco do viaduto de Barentin cedeu e caiu. Um por um os demais arcos fizeram o mesmo, até que toda a estrutura jazesse em destroços no chão encharcado do vale. Se os motivos eram a construção apressada demais, cal local inadequada, ou as condições tempestuosas, isso não ficou claro; porém os jornais franceses, entre eles o *Fanal de Rouen*, encorajaram uma reação xenofóbica à calamidade. Não apenas o sr. Locke, engenheiro, o sr. Brassey e o sr. Mackenzie, empreiteiros, eram todos três ingleses, mas também o era a maioria dos trabalhadores, e também a maioria dos investidores no projeto. Que interesse teriam senão o de arrancar dinheiro da França, deixando atrás de si uma engenharia capenga?

O *curé* de Pavilly sentiu-se justificado. A Torre de Babel ruíra e os trabalhadores ficaram aturdidos. Aqueles que haviam blasfemado, se autodenominando construtores de catedrais, haviam sido atingidos. O Senhor demonstrara sua desaprovação. Deixassem-nos reconstruir sua loucura à altura que quisessem, porque nada agora poderia apagar o gesto divino. O pecado de orgulho fora castigado; mas sob pena de ele mesmo ser tentado a trilhar o mesmo caminho, o padre dedicou seu sermão do domingo seguinte ao dever da caridade. O fazendeiro que cultivava os campos de Les Pucelles contribuiu mais generosamente do que nunca para a coleta. A garota Adèle estava ausente do último banco. Estivera ausente da aldeia várias vezes nas últimas semanas, e seu vocabulário fora contaminado por estranhas palavras mestiças. Nem todo mundo ficou surpreso em Pavilly; sua patroa comentara com freqüência que era mais fácil Adèle ser emprenhada do que se tornar honesta.

Os srs. Brassey e Mackenzie ficaram muito aborrecidos com o desastre em Barentin, porém reagiram de modo viril. Não esperaram qualquer arbitragem ou imputação de culpa, começando de imediato a busca por vários milhões de novos tijolos. Desconfiando que a cal local fora a causa do desastre, trouxeram de longe cal hidráulica. Com energia e determinação e a perícia de seus empregados, os srs. Brassey e Mackenzie conseguiram reconstruir o viaduto em menos de seis meses, arcando eles mesmos com as despesas.

O cura de Pavilly não assistiu à cerimônia de inauguração da Ferrovia Rouen e Le Havre. Houve uma guarda militar de honra, e uma bela cerimônia para ambos os sexos, à qual compareceram o dr. Achille e Mme. Julie. Padres em soberbas sobrepelizes erguiam grossos círios, que atingiam a altura da chaminé da locomotiva. Enquanto o sr. Locke, o engenheiro e seus dois empreiteiros tiravam o chapéu, o bispo passava ao longo da esguia máquina cilíndrica construída pelo sr. William Buddicom, ex-superintendente de Crewe, em suas novas oficinas em Sotteville. O bispo espargiu água benta na fornalha, na caldeira e no reservatório de vapor; espargiu-a para cima nas bicas de vapor e nas válvulas de segurança; em seguida, como se não estivesse satisfeito, refez seus passos e espargiu as rodas da frente, o eixo do virabrequim e as bielas de conexão, os pára-choques, a alavanca de partida e o estribo. Tampouco esqueceu o tênder, no qual já se encontravam sentados vários altos dignitários. Cuidou dos engates, da caixa d'água e dos pára-choques de molas; molhou o freio como se fosse o próprio São Cristóvão. A locomotiva estava inteiramente benta, suas viagens e suas metas colocadas sob a proteção de Deus e de seus santos.

Mais tarde, houve uma festa para os peões ingleses. A cavalaria francesa montou guarda, enquanto vários bois eram assados e os trabalhadores beberam o quanto quiseram. Permaneceram de boa índole, a despeito da embriaguez, e depois dançaram com muita disposição, dirigindo suas parceiras com a firme perícia que empregavam diariamente nos seus carrinhos de mão. Adèle foi girada entre Yorkey Tom e Straight-up Nobby. Ao escurecer, dispararam sinais de aviso de neblina para comemorar o dia, e o súbito estrépito alarmou os medrosos. O *Fanal de Rouen* cobriu extensivamente os acontecimentos, e ao mesmo tempo que recordava mais uma vez o desabamento do viaduto de Barentin, elogiava a estatura homérica dos peões ingleses que, numa benévola confusão cultural, comparava por uma última vez aos construtores das grandes catedrais.

Dez anos depois da inauguração da Ferrovia Rouen–Le Havre, Thomas Brassey foi oficialmente recompensado por suas muitas obras na França. A essa altura também tinha construído a Ferrovia Orléans–Bordeaux, a Amiens–Boulogne, a Rouen–Dieppe, a Nantes–Caen, a Caen–Cherbourg. O imperador Napoleão III convidou-o para jantar nas Tuileries. O empreiteiro sentou-se ao lado da imperatriz, e ficou especialmente emocionado por sua gentileza em falar inglês com ele durante a maior parte do tempo. No decorrer da noite, o imperador dos franceses condecorou cerimoniosamente o sr. Brassey com a Cruz da Légion d'Honneur. Depois de receber a insígnia, o empreiteiro estrangeiro respondeu modestamente: – A sra. Brassey ficará contente em possuí-la.

EXPERIÊNCIA

SUA HISTÓRIA não começava sempre da mesma maneira. Na versão preferida, tio Freddy estava em Paris a trabalho, representando uma firma que fabricava cera de polir feita de cera autêntica. Ele entrou num bar e pediu um copo de vinho branco. O sujeito a seu lado perguntou-lhe qual era o seu tipo de atividade, e ele respondera: – *Cire réaliste*.
Mas também ouvi meu tio contá-la de modo diferente. Por exemplo, ele fora levado a Paris por um rico patrocinador para atuar como navegador num *rally* motorizado. O estranho do bar (estamos agora no Ritz, aliás) era refinado e pretensioso, de modo que o francês de meu tio teve de se alçar à sua altura. Ao lhe ser perguntado o motivo de sua permanência na cidade, ele respondera: – *Je suis, sire, rallyiste*.
Numa terceira e, me parece, a mais improvável versão – mas também o cotidiano é muitas vezes absurdo, e assim o absurdo pode, por sua vez, ser plausível – o vinho branco na frente de meu tio era um Reuilly. Este, explicava ele, vinha de uma pequena *appellation* no Loire, e não era diferente do Sancerre, em estilo. Meu tio era novato em Paris, e já bebera vários copos (a locação havia se transferido para um *petit zinc* no *Quartier Latin*), de modo que quando o estranho (a essa altura não mais pretensioso) perguntou o que ele estava bebendo, fê-lo sentir o pânico de quando um idioma estrangeiro foge de nossa cabeça, e o pânico maior ainda de uma frase em inglês desesperadamente traduzida. O modelo idiomático que escolheu foi "estou na cerveja", de modo a dizer: – *Je suis sur Reuillys*. – Uma vez, quando censurei meu tio pelas contradições em suas lembranças, ele deu um sorrisinho satisfeito. – É maravilhoso o subconsciente, não é? – respondera.
Tão inventivo, não?

EXPERIÊNCIA

Se o bebedor ao lado assumir diversas formas físicas, da mesma forma ora se apresentava como Tanguy, Prévert, Duhamel e Unik; certa vez, até como o próprio Breton. Podemos, pelo menos, ter certeza da data desse encontro incerto: março de 1928. Além disso, como até mesmo os mais cautelosos comentaristas concordaram, meu tio Freddy é – era – nem mais nem menos que o ligeiramente disfarçado T.F., que aparece na Sessão 5(a) dos diálogos celebremente antiplatônicos sobre sexo do Grupo Surrealista. A transcrição dessa sessão foi publicada como um apêndice às *Recherches sur la sexualité, janvier 1928 – août 1932*. As notas afirmam que meu tio foi quase certamente apresentado ao grupo por Pierre Unik, e que T.F., ao contrário das subseqüentes voltas dadas pelo subconsciente, estava em Paris de férias.

Não devemos ser demasiadamente céticos quanto à imerecida *entrée* de meu tio no círculo surrealista. É verdade que eles, afinal de contas, admitiam eventuais estranhos – um padre que deixara a batina, um militante do Partido Comunista – em suas discussões. Talvez imaginassem que um inglês convencional de 29 anos, recrutado através de um mal-entendido lingüístico, pudesse ser útil para ampliar seus termos de referência. Meu tio gostava de atribuir sua presença, então permitida, ao dito francês de que em todo advogado mora o vestígio do poeta. Não pertenço a nenhum desses terrenos, compreendam (nem meu tio).

Será este elemento de sabedoria mais verdadeiro do que o oposto: que em todo poeta mora o vestígio do advogado?

Tio Freddy afirmou que a sessão a que ele assistiu aconteceu no apartamento do sujeito que encontrou no bar; o que a limita a cinco possíveis localizações. Havia cerca de uma dúzia de participantes, de acordo com meu tio; nove, de acordo com as *Recherches*. É preciso esclarecer que a Sessão 5(a) só foi publicada em 1990; tendo meu tio morrido em 1985, ele só teve de enfrentar contradições auto-impostas. Além do mais, o caso do tio Freddy e os surrealistas era estritamente reservado à sala de fumar, onde o liberalismo narrativo se revelava mais aceitável. Depois de fazer os ouvintes jurarem silêncio *vis-à-vis* tia Kate, ele exagerava a licenciosidade do que acontecera lá em 1928. Às vezes, alegava ter ficado chocado, sustentando ouvir coisas mais escabrosas numa noite passada entre intelectuais parisienses do que nos três anos de quartel durante a última guerra. De outras vezes, apresentava-se como o inglês mundano, o sujeito divertido, o *dandy* mais do que disposto a transmitir alguns toques, alguns refinamentos úteis da técnica àquele grupo de franceses cujo cerebralismo, segundo seu ponto de vista, atrapalhava suas reações normais de sensualidade.

A sessão publicada, desnecessário dizer, não confirma nenhuma dessas versões. Aqueles que já leram as *Recherches* conhecem bem sua estranha mistura de pesquisa pseudocientífica com respostas subjetivas e francas. A verdade é que todo mundo tem seu jeito diferente de falar sobre sexo, assim como, naturalmente o presumimos, todo o mundo o pratica de modo diferente. André Breton, o animador do grupo, é uma grandiosa figura socrática, austero e às vezes repugnante ("Não gosto que ninguém me acaricie. Detesto isso."). Os outros são variados, indo da benevolência ao cinismo, do autodeboche à jactância, da candura à sátira. Os diálogos são, felizmente, cheios de humor: às vezes do tipo não intencional, provocado pelo gélido julgamento da posteridade; mas na maioria intencional, oriundo de um pesaroso reconhecimento de nossa fragilidade humana. Por exemplo, na Sessão 3, Breton está perguntando a seus companheiros de sexo masculino se permitiriam que uma mulher tocasse em seu sexo não ereto. Marcel Noll responde que detesta isso. Benjamin Péret diz que se uma mulher fizer isso com ele, sente-se diminuído. Breton concorda: diminuído é a palavra certa para o que sentiria. Ao que Louis Aragon replica: "Se uma mulher só tocasse meu sexo quando estivesse ereto, ele muitas vezes não ficaria assim."

Estou me afastando do cerne da questão. E provavelmente também tentando adiar o fato de que a participação de meu tio na Sessão 5(a) foi francamente decepcionante. Talvez houvesse um falso democratismo na presunção de que um inglês apanhado num bar devido a um engano lingüístico teria um importante testemunho a oferecer àquele curioso tribunal. Fazem a T.F. muitas perguntas triviais: sob que condições ele prefere fazer sexo; como perdeu a virgindade; se ele consegue perceber que uma mulher atingiu o orgasmo e como pode descrever isso; com quantas pessoas já teve relações sexuais; quão recentemente se masturbou; quantas vezes seguidas é capaz de ter orgasmo; e assim por diante. Não me darei ao trabalho de relatar as respostas de meu tio, porque são banais ou então, desconfio, não inteiramente verazes. Ao ser perguntado por Breton a respeito da questão tipicamente de compêndio, "Além de ejacular na vagina, boca ou ânus, onde você gosta de ejacular em ordem de preferência: 1) axila; 2) entre os seios; 3) na barriga?", tio Freddy responde – e aqui preciso reproduzir do francês, de modo que não posso afirmar se essas foram suas palavras exatas – "Pode-se acrescentar a palma da mão?" Indagado que posição sexual preferia, meu tio responde que gosta de ficar deitado de costas, com a mulher sentada em cima dele. "Ah", diz Benjamin Péret, "a assim chamada *posição preguiçosa*."

Meu tio foi então interrogado sobre a propensão britânica à sodomia, o que o deixou na defensiva, até transparecer que a questão não era a homossexualidade, mas antes a sodomia entre homens e mulheres. Em seguida, meu tio fica espantado. "Eu nunca a pratiquei", responde ele, "e nunca soube de ninguém que fizesse isso." "Mas você sonha que está fazendo?", pergunta Breton. "Jamais sonhei em fazê-lo", responde obstinadamente T.F. "Você jamais sonhou em foder uma freira na igreja?", é a próxima pergunta de Breton. "Não. Nunca." "E quanto a um padre ou monge?", pergunta Queneau. "Não. Isso também não", é a resposta.

Não me surpreendo que a Sessão 5(a) tenha sido relegada a um apêndice. Os interrogadores e seus colegas-confessores estão num ânimo rotineiro, letárgico; enquanto a testemunha inesperada vive alegando seu direito de não ter sua intimidade violada. Então, lá pelo fim da noite, há um momento em que a presença do inglês parece se justificar por um breve período. Acho que neste ponto devo dar a transcrição completa.

André Breton – Qual é a sua opinião sobre o amor?
T.F. – Quando duas pessoas se casam...
André Breton – Não, não, não! A palavra casamento é anti-surrealista.
Jean Baldensperger – E quanto às relações sexuais com animais?

T.F. – O que quer dizer?
Jean Baldensperger – Carneiros. Jumentos.
T.F. – Há muito poucos jumentos em Ealing. Tínhamos um coelho de estimação.
Jean Baldensperger – Teve relações com o coelho?
T.F. – Não.
Jean Baldensperger – Sonhou em ter relações com o coelho?
T.F. – Não.
André Breton – Não posso acreditar que sua vida sexual seja tão vazia de imaginação e surrealismo quanto você dá a crer.
Jacques Prevert – Pode nos descrever as principais diferenças entre relações sexuais com uma inglesa e uma francesa?
T.F. – Só cheguei ontem na França.
Jacques Prevert – Você é frígido? Não, não fique ofendido. Estou brincando.
T.F. – Talvez eu possa dar uma contribuição descrevendo algo com que costumava sonhar.
Jean Baldensperger – Tem a ver com jumentos?
T.F. – Não. Havia um par de gêmeas em minha rua.
Jean Baldensperger – Você queria ter relações sexuais com ambas ao mesmo tempo?
Raymond Queneau – Que idade tinham? Eram jovens?
Pierre Unik – Você fica excitado pelo lesbianismo? Gosta de ver mulheres se acariciando?
André Breton – Por favor, cavalheiros, deixem nosso convidado falar. Sei que somos surrealistas, mas isso é o caos.
T.F. – Eu costumava olhar para essas gêmeas, que eram para todos os efeitos visíveis idênticas, e perguntar até que ponto ia aquela identidade.
André Breton – Você quer dizer, se estivesse tendo relações sexuais com uma, como poderia dizer que era ela, e não a outra?
T.F. – Exatamente. No começo. E isso por sua vez levantou outra questão. E se houvesse duas pessoas – mulheres – que em seus...
André Breton – ... movimentos sexuais...
T.F. – Em seus movimentos sexuais fossem exatamente iguais, e no entanto, quanto a todos os demais aspectos, completamente diferentes.

EXPERIÊNCIA

Pierre Unik – Clones eróticos, e no entanto socialmente diversos.
André Breton – Exatamente. É uma contribuição valiosa. Até mesmo, se assim posso dizê-lo ao nosso convidado inglês, uma contribuição quase surrealista.
Jacques Prevert – Então ainda não foi para cama com uma francesa?
T.F. – Eu já lhe disse, só cheguei ontem.

Este é o final da participação documentada de tio Freddy na Sessão 5(a), que passou então a tratar de problemas previamente discutidos na Sessão 3, principalmente a distinção entre orgasmo e ejaculação, e a relação entre os sonhos e o desejo masturbatório. Meu tio, é óbvio, tinha pouca coisa a contribuir para esses assuntos.

Eu não tinha, é claro, nenhuma suspeita dessa futura confirmação quando vi meu tio pela última vez. Isso foi em novembro de 1984. Tia Kate já estava morta a essa altura, e minhas visitas a T.F. (como tendo a encará-lo hoje) haviam se tornado cada vez mais uma questão de dever. Os sobrinhos têm tendência a preferir as tias aos tios. Tia Kate era tolerante e sonhadora; havia algo de cachecol de gaze e de furtivo a seu respeito. Tio Freddy era indecentemente "quadrado"; parecia ter sempre os polegares metidos no bolso do colete, mesmo quando usava ternos de apenas duas peças. Sua postura, tanto física quanto moral, deixava jactanciosamente implícito que entendia a fundo a questão da masculinidade, que a geração dele tinha captado o difícil equilíbrio entre a repressão anterior e a liberação posterior, e que qualquer desvio desse *beau idéal* era lamentável, ou mesmo, na realidade, perverso. O resultado é que eu nunca me senti verdadeiramente à vontade com o futuro T.F. Um dia ele proclamou ser parte de sua responsabilidade avuncular ensinar-me tudo sobre vinho, porém seu pedantismo e mania de ditar regras estragou o assunto para mim, até bem recentemente.

Tornara-se uma rotina, depois da morte de tia Kate, levar tio Freddy para jantar em seu aniversário, e depois voltar para seu apartamento e bebermos até não poder mais. Pouca importância tinham para ele as conseqüências; eu tinha, porém, meus pacientes com quem me preocupar, e todo ano tentava evitar ficar tão bêbado quanto no ano anterior. Não posso dizer que tivesse êxito, pois embora a cada ano minha determinação aumentasse, também crescia a força contrária da chatura de meu tio. Segundo minha experiência, existem bons, e não obstante motivos menores – culpa, medo, sofrimento, felicidade – para as pessoas se excederem na ingestão de bebidas alcoólicas, e um motivo maior para seu verdadeiro exagero: o tédio. Houve época em que conheci um alcoólatra inteligente que sustentava que bebia porque então lhe aconteciam coisas que jamais aconteciam quando ele estava sóbrio. Acreditei nele em parte, embora eu ache que a bebida não faz de fato as coisas acontecerem, ela simplesmente ajuda a agüentar a dor por não acontecerem. Por exemplo, a dor da excepcional chatura de meu tio em seus aniversários.

O gelo rachava ao mergulhar no uísque, o revestimento do aquecedor a gás estalava, tio Freddy acendia seu pretenso charuto do ano, e a conversa voltava a versar sobre aquilo que eu agora penso como sendo a Sessão 5(a).

– Então refresque minha memória, tio, o que você estava fazendo mesmo em Paris.

– Tentando ganhar umas gatas. O que todos os rapazes fazem. – Estávamos na segunda meia garrafa de uísque; era preciso uma terceira antes de se criar um efeito anestésico que seria bastante bem-vindo. – Tarefa do homem no decorrer de toda a história, não diria você?

– E conseguiu?

– Conseguiu o quê?

– Ganhar algumas gatas?

– Você tem uma cabeça imunda para alguém da sua idade – disse ele, com aquela súbita digressão inesperada causada pela bebida.

– Cavaco do mesmo pau, tio Freddy. – É claro que eu não falava a sério.

— Eu já lhe contei... – E daí deslanchava, se não dou desse verbo uma impressão demasiadamente nítida de significar ser a propósito e ter um objetivo. Desta vez ele optara por estar mais uma vez em Paris como decifrador de mapas e mecânico de algum milorde inglês.

EXPERIÊNCIA

— Qual a marca do carro? Só por curiosidade.
— Panhard — respondeu ele desdenhosamente. Era sempre um Panhard toda vez que ele contava essa versão. Eu gostava de me divertir, imaginando se tamanha consistência de meu tio fazia esse elemento da história mais passível de ser verídico, ou falso.
— E para onde ia o *rally*?
— Morro acima e várzea abaixo, meu rapaz. Rodando por aí. De cabo a rabo do país.
— Tentando ganhar gatas.
— É bom lavar sua boca.
— Cavaco do velho...
— Então eu estava naquele bar...
Adulei-o com as perguntas de que precisava, até ele chegar ao verdadeiro clímax de seu caso, um dos poucos elementos concordantes com a versão posteriormente publicada da Sessão 5(a).
— ... aí esse camaradinha me disse: "Você já fez com uma garota francesa?" E eu disse: "Me dê um tempo, desembarquei só ontem!"
Normalmente eu teria fingido um ataque de risinhos, servido mais uísque e esperado pelo assunto seguinte do tio Freddy. Desta vez, por algum motivo, recusei seu final.
— E aí, você fez?
— Fiz o quê?
— Fez com uma garota francesa?
Eu estava quebrando as regras, e sua resposta foi uma espécie de censura; pelo menos, encarei-a como tal. — Sua tia Kate era pura como a neve recém-caída — proclamou com um soluço. — A falta que sinto dela não diminui, sabe, apesar de todos esses anos. Mal posso esperar para ir ao encontro dela.
— Não perca as esperanças, tio Freddy. — Isso não é o tipo de coisa que eu diria normalmente; e quase acrescentei: — Ainda há vida de sobra no cachorrão — tal era a influência infecciosa, na verdade pestilenta, de meu tio. Mas, em vez disso, repeti: — Então, você fez com uma garota francesa?
Acho que se tivesse demonstrado um interesse genuíno neste assunto, o teria afugentado. Mas eu estava mergulhado em uma opressiva reflexão: meu tio não era apenas um velho chato, mas uma paródia de um velho chato. Por que ele não colocava uma

perna de pau e começava a pular ao redor da lareira de um bar, acenando com um cachimbo de argila?

— Aí tem você um caso, meu rapaz, e um que jamais contei a vivalma. — As pessoas não dizem mais isto; só meu tio, que o acabara de dizer.

— Eles deram um jeito para mim.

— Quem deu um jeito?

— Os rapazes surrealistas. Meus recém-adquiridos camaradas.

— Quer dizer que lhe arranjaram um emprego?

— Você está burro hoje à noite, ou apenas normal? Não sei ao certo se consigo perceber. Me arranjaram uma mulher. Bem, duas, para ser exato.

A essa altura, comecei a prestar atenção. Desnecessário dizer, eu não acreditava em meu tio. Ele estava provavelmente farto da falta de impacto da milésima vez que contava "como conheci os surrealistas", e andara elaborando algumas novidades.

— Sabe, na minha opinião, aquelas reuniões... Eles todos queriam se encontrar para falar safadezas, mas não queriam admiti-lo, por isso diziam haver um propósito científico atrás de tudo aquilo. A verdade é que eles não eram lá muito bons na hora de falar safadezas. Para ser sincero, inibidos, eu diria. Intelectuais. Não havia calor em suas veias, só idéias. Ora, em meus três anos no exército...

Eu lhes pouparei essa digressão ritualística.

— ...então eu percebi o que eles queriam, mas eu não iria fazê-lo. Quase como trair o seu país, falar safadezas com um grupo de estrangeiros. Falta de patriotismo, não acha?

— Nunca experimentei, tio.

— Ah, hoje você está bem-falante. Nunca experimentei. Isso é exatamente igual a eles, tentando saber aquilo que eu nunca experimentara. O problema com esse tipo de gente é que, se você diz que jamais quis fazer isso ou aquilo, eles não acreditam em você. Na realidade, só porque você diz que não quer fazer isso ou aquilo, eles presumem que no fundo você está doido para fazê-lo. Doideira, hein?

— É possível.

— Então achei que me cabia elevar o tom da reunião. Não ria. Sei o que estou dizendo. Espere só até você se encontrar junto com uma porção de intelectuais, todo mundo conversando sobre o pinto. Então eu disse: — Olha uma aqui para dar o que pensar. Imaginem duas garotas que fizessem amor do mesmo jeito! Exatamente do mesmo jeito, de modo que se você fechasse os olhos não poderia perceber a diferença. Não seria um troço? E apesar de todos os seus miolos, eles ainda não tinham matado essa charada. Peguei-os pelos pés, não me importa dizê-lo.

Não fiquei surpreso. É uma daquelas perguntas que não se faz. Nem a respeito de você mesmo (existe alguém por aí que faz exatamente como eu?), nem a respeito dos demais. No sexo, respeitamos o que é distinto, não o que é semelhante. Com ela/ele é/foi bom/nem tanto/maravilhoso/meio chato/teatral, ou seja lá o que for; mas não costumamos pensar, ah, ir para a cama com ela foi muito parecido com ir para a cama com fulana ou beltrana há dois anos. Na realidade, se eu fechasse os olhos... Não pensamos em geral dessa maneira. Em parte por delicadeza, suponho; desejo de preservar a individualidade dos outros. E talvez medo de que eles, por seu turno, comecem a fazer o mesmo com você, caso pense deste modo a respeito deles.

— Então meus novos camaradas resolveram minha situação.

— ...?

— Queriam agradecer-me por minha assistência à sua discussão. Já que fui tão útil. O camaradinha que eu havia encontrado no bar disse que se manteria em contato.

— Mas o *rally* deveria estar começando, não, tio? — Hein, era difícil resistir.

— No dia seguinte, ele apareceu e disse que o grupo ia me oferecer, o que achou ser um presente surrealista. Ficaram comovidos com o fato de eu ainda não ter merecido os favores de uma garota francesa, e estavam preparados para corrigir o que era errado.

— Notavelmente generosos. — Notável fantasia, foi o que eu realmente pensei.

— Ele disse que haviam reservado um quarto para mim às três horas da tarde seguinte num hotel perto de Saint-Sulpice. Disse que ele também estaria lá. Achei isso um pouco estranho, mas, por outro lado, a cavalo dado nunca se deve olhar os dentes, etc.

— Para que você estará presente? — perguntei. — Não preciso que segurem minha mão. — Então ele explicou o esquema. Queriam que eu tomasse parte num teste. Queriam saber se sexo com uma francesa era diferente de sexo com uma inglesa. Eu perguntei por que precisavam de mim para descobrir isso. Responderam que achavam que minha reação seria mais espontânea. Querendo dizer, suponho, que eu não ficaria pensando o tempo todo sobre o assunto como eles ficariam.

— Eu falei: "Deixe-me entender isso direito. Você quer que eu passe umas duas horas com uma garota francesa e apareça no dia seguinte para contar a vocês o que achei?" "Não", responde o camaradinha. "Não no dia seguinte, mas no dia depois dele. No dia seguinte nós reservamos o mesmo quarto para você, com outra garota." "Que maravilha", comentei, "duas garotas francesas pelo preço de uma." "Não é bem assim", replica ele, "uma delas é inglesa. Você precisa distinguir quem é quem." "Bem", digo, "posso distinguir apenas dizendo 'bonjour' e olhando para elas." "É por isso", retruca ele, "que você não pode dizer 'bonjour' nem pode olhar para elas. Estarei lá quando você chegar e o vendarei, então deixarei a garota entrar. Depois que ela se for e você ouvir a porta se fechar, pode tirar a venda. O que acha disso?"

— O que eu achava a respeito disso? Bem, eu estava nas nuvens. Acabara de pensar que a cavalo dado não se olham os dentes, e agora tratava-se de não olhar os dentes de dois cavalos dados. Como eu me sentia? Falando de homem para homem, eu me sentia como se tivessem acontecido dois Natais ao mesmo tempo. Uma parte minha não nutria muita simpatia por esse negócio de ser vendado; embora, de homem para homem, outra parte minha simpatizasse bastante.

Não é patético como os velhos mentem a respeito do sexo que tiveram no passado? O que poderia ser uma invenção mais transparente? Paris, juventude, uma mulher, *duas* mulheres, um quarto de hotel à tarde, tudo arrumado e pago por outra pessoa? Conte-me outra, tio. Vinte minutos num *hotel de passe*, uma toalha de mão grosseira e um ataque de gonorréia como seqüela é mais viável. Por que os velhos precisam de um consolo assim? E que cenários banais eles constroem para si mesmos. Está bem, tio, rápido, adiante com a pornografia leve. Vamos esquecer de navegar no *rally*.

— Então falei, "conte comigo". Aí, na tarde seguinte, fui até esse hotel atrás de Saint-Sulpice. Acontece que choveu e tive de ir correndo da estação do metrô, chegando lá terrivelmente suado.

EXPERIÊNCIA

Isso não era mau. Eu estivera na expectativa de um luminoso dia de primavera, com acordeonistas fazendo serenatas para ele enquanto atravessava os Jardins du Luxembourg. – Cheguei ao quarto. O camaradinha estava lá, pegou meu casaco e chapéu. Eu não estava com nenhuma intenção de ficar pelado diante de meu anfitrião, como pode imaginar. Ele disse: "Não se preocupe, ela fará o resto." Ele apenas me fez sentar na cama, embrulhou um cachecol em volta de minha cabeça e deu dois nós, me fez dar minha palavra de inglês que eu não olharia e saiu do quarto. Uns dois minutos depois, ouvi a porta se abrir.

Meu tio pousou seu copo de uísque, dobrou a cabeça para trás e fechou os olhos, fechando-os para que vissem algo que na realidade ele não vira. Com paciência, deixei-o prolongar o intervalo. Finalmente, ele disse:

– E no dia seguinte. O mesmo. Chovendo de novo também.

O aquecimento a gás prendeu a respiração, os cubos de gelo trinaram, dando a deixa dentro de meu copo. Porém, tio Freddy não parecia querer continuar. Ou talvez considerasse o assunto encerrado. Isso não estava certo. Era – como dizê-lo? – seduzir e não realizar, em termos de narrativa.

– Aí?

– Aí... – repetiu delicadamente meu tio. – Foi só.

Ficamos sentados em silêncio durante um ou dois minutos, até que eu não pudesse evitar a pergunta.

– E qual era a diferença?

Tio Freddy, com a cabeça dobrada para trás e os olhos ainda fechados com força, fez um barulho meio suspiro, meio lamúria. Finalmente disse:

– A garota francesa lambeu as gotas de chuva na minha cara. – Abriu os olhos de novo e mostrou-me suas lágrimas.

Fiquei estranhamente comovido. E também enfastiado e desconfiado, porém isso não me impedia de ficar emocionado. *A garota francesa lambeu as gotas de chuva na minha cara.* Fiz a meu tio – não importa se na qualidade de mentiroso plausível ou memorialista sentimental – a oferta de minha inveja.

– Você podia distinguir?

– Distinguir o quê? – Ele parecia meio ausente, alto e sonado por suas recordações.

— Qual era francesa e qual era inglesa?
— Ah sim. Podia distinguir.
— Como?
— Como você acha?
— Cheiro de alho?

Ele deu uma risadinha.

— Não. Ambas usavam perfume, aliás. Perfume bastante forte. Não o mesmo, é claro.
— Então... Faziam coisas diferentes? Ou era a maneira como faziam?
— Segredo profissional. — Agora ele estava parecendo de novo convencido.
— Ah, tire seu cavalo da chuva, tio Freddy.
— Sempre obedeci à regra de jamais delatar minhas amigas.
— Tio Freddy, você jamais pôs os olhos nelas. Foram-lhe arranjadas. Não eram suas amigas.
— Para mim, eram. Ambas. Assim se sentiam. E foi sempre como as considerei.

Isso era exasperador, sobretudo porque eu dera crédito à fantasia de meu tio. E qual o sentido de inventar uma história e em seguida suprimir os fatos-chave?

— Mas você pode me contar, porque contou a eles.
— Eles?
— O grupo. Você relatou a eles no dia seguinte.
— Ora, a palavra de um inglês é seu mais precioso bem, a não ser quando não é. Você já viveu bastante para saber isso. E além do mais... a verdade é que tive uma impressão, não tanto da primeira, porém com mais intensidade da segunda vez, que eu estava sendo observado.
— Alguém no armário?
— Não sei. Como, onde. Apenas pressenti de alguma maneira. Fez-me sentir meio sujo. E como digo, é uma regra minha jamais revelar a intimidade de minhas amigas. Por isso, tomei o trem-barco para casa no dia seguinte.

Esquecendo-se do *rally*, ou da carreira com autêntica cera de abelha, ou seja lá que outra coisa seria.

— E isso — prosseguiu meu tio — foi a coisa mais inteligente que jamais fiz. — Olhou para mim como se toda sua história tivesse aquele objetivo. – Porque foi quando conheci sua tia Kate. No trem-barco.

– Nunca soube disso.

– Não há motivo por que soubesse. Fiquei noivo no mesmo mês, casei-me em três meses.

Por certo uma primavera movimentada.

– E que achou ela de sua aventura?

O rosto dele fechou-se de novo.

– Sua tia Kate era pura como neve recém-caída. Eu jamais falaria sobre isso, do mesmo modo que... jamais palitaria meus dentes em público.

– Nunca contou-lhe?

– Nunca sussurrei sequer uma palavra. Aliás, imagine-o do ponto de vista dela. Ela conhece esse sujeito simpático, fica meio caída por ele, pergunta-lhe o que andou fazendo em Paris, e ele conta que andou levando garotas para a cama, na base de uma por dia, com a promessa de depois ir conversar porcarias a respeito delas. Ela não ficaria muito tempo caída por ele, ficaria?

Segundo minha limitada observação, tia Kate e tio Freddy formavam um casal feliz. A dor que ele sentira pela morte dela, embora exagerada pela bebida até virar melodrama, parecera bastante autêntica. Atribuo o fato de ele ter vivido mais seis anos do que ela apenas ao hábito inveterado de viver. Dois meses depois desta derradeira noite de aniversário, ele abandonou o hábito. O enterro foi aquela coisa desajeitada e rala: uma coroa surrealista com dizeres obscenos poderia ter ajudado.

Cinco anos depois apareceram as *Recherches sur la sexualité*, e ficou provada em parte a história de meu tio. Minha curiosidade e frustração foram também evocadas; fiquei a contemplar as mesmas velhas perguntas. Aborrecia-me o fato de meu tio ter fechado a boca e me deixado apenas com: *"A garota francesa lambeu as gotas de chuva na minha cara."*

Como contei, o encontro de meu tio com o grupo surrealista foi relegado a um mero apêndice. As *Recherches* são, é claro, extensamente recheadas de notas: prefácio, introdução, texto, apêndices, notas ao pé de página do texto, notas ao pé de página dos apêndices, notas ao pé de página das notas ao pé de página.

Provavelmente fui a única pessoa a detectar algo que, na melhor das hipóteses, não passa de um interesse da família. A nota ao pé da página 23 da Sessão 5(a) afirma que o inglês citado como T.F. foi de certa feita objeto do que é descrito como uma "tentativa de justificação da teoria surrealista (cf. nota 12 do Apêndice 3)", mas que nenhum registro dos resultados sobreviveu. A nota ao pé da página 12 do Apêndice 3, descreve essas "tentativas de justificativas", mencionando que em algumas delas esteve envolvida uma inglesa. Esta mulher é citada como simplesmente K.

Restam-me apenas duas reflexões finais sobre o assunto. A primeira é que, quando os cientistas empregam voluntários para auxiliar seus projetos de pesquisa, deixam muitas vezes de informar a esses participantes o verdadeiro objetivo da experiência, com medo de que essa informação, sem querer ou não, afete a pureza do processo e a exatidão do resultado.

A segunda reflexão só me veio bastante recentemente. Talvez eu tenha mencionado meu interesse de principiante pelo vinho. Pertenço a um pequeno grupo que se reúne duas vezes por mês: cada um de nós leva uma garrafa e os vinhos são experimentados de olhos vendados. Normalmente a gente erra, às vezes acerta, embora o certo e o errado nesse assunto seja algo complicado. Se um vinho tem para você o gosto de um jovem Chardonnay australiano, então é isso, de certo modo, o que ele é. O rótulo pode depois afirmar que ele é um borgonha caro, porém se ele não se transformou nisso em sua boca, então é algo em que jamais poderá verdadeiramente se transformar.

Não é isso exatamente o que eu queria dizer. Queria dizer que umas duas semanas atrás, tivemos uma professora convidada. Ela era uma célebre enóloga, que nos contou um fato interessante. Parece que se você pegar uma garrafa de vinho e dividir o conteúdo em duas garrafas menores, e submetê-las a um teste de olhos vendados, então é extremamente raro que até mesmo bebedores experimentados adivinhem que o vinho naquelas determinadas garrafas seja, de fato, o mesmo. As pessoas ficam na expectativa de que todos os vinhos sejam diferentes, e portanto seus paladares se obstinam que seja assim. Ela declarou tratar-se de uma experiência extremamente reveladora, que quase sempre dava certo.

MELÃO

Queridíssima prima,

Uma semana antes do sr. Hawkins e eu partirmos, você caçoou de mim com belas zombarias a respeito da futilidade de minha expedição – que eu iria procurar a companhia de gente mais parecida possível comigo, e que as experiências resultantes não deixariam de ser semelhantes a "lambidas mútuas entre filhotes de urso" – e você me disse que eu acabaria voltando para casa polido e refinado como um capitão holandês de volta de uma caçada a baleias. Foi por este motivo que eu, por último, mandei mudar nosso itinerário – e se eu morrer de um ataque de salteadores, da incompetência de algum médico rural, ou do veneno de uma víbora, você será responsável, Mademoiselle Evelina – já que foi por sua causa que abandonamos nossa trajetória em direção à Itália e viemos para Montpelier. O sr. Hawkins fez alguns comentários sobre a alteração do nosso destino – que ele jamais poderia imaginar que você fosse tamanha autoridade em geografia francesa, nunca tendo se aventurado mais próximo da Gália do que a biblioteca de Nesfield.

Meus comentários sobre salteadores e víboras não eram a sério, Evelina – não imagine que eles possam, ou você pudesse ser responsável, caso algo aconteça ao sr. Hawkins e a mim –, além do que, ele anda armado com um mosquetão, como lhe disse, o que deverá desencorajar tanto salteadores quanto víboras. Montpelier é, de qualquer maneira, uma bela cidade – *bien percée* para usar a expressão francesa, e de fato tornei-me tão gaulês que mal consigo lembrar o equivalente inglês das expressões francesas que emprego. É, como haveríamos de descrever o assunto, uma cidade bem-disposta – estamos hospedados no Cheval Blanc, tido como o melhor albergue da cidade, e, não obstante, o sr. Hawkins o condena como um sórdido tugúrio, onde o viajante é depenado como uma ave de arribação, com todas as mãos estendidas para arrancar-lhe uma pena. O sr. Hawkins tem uma péssima opinião das hospedarias francesas, que segundo ele não melhoram de qualidade desde a última vez em que esteve na França, à época de Carlos Magno, quando você ainda estava no berço, cara prima – porém eu possuo uma disposição mais generosa ou tolerante quanto a este assunto – e afinal de contas, faz parte do cargo de Hawkins discutir preços e tratar com os serviçais. Você não exigiu que eu escrevesse para ficar sabendo isso, tenho certeza. Montpelier é uma linda cidade e lugar de peregrinação para aqueles que estão mal de saúde, o que, sem dúvida, agradará a mamãe – a manteiga é estranha, mas segundo meu ponto de vista bastante boa, sendo branca de todo e tendo a aparência de pasta para cabelo – não conseguimos arranjar água fervendo para fazer nosso chá em vários estabelecimentos sucessivos, o que aborreceu o meu carrancudo tutor, como pode imaginar, e ele não respondeu a meu comentário que o calor do dia teria a função de substituir o calor da água. Ele tende a se comportar comigo como se ele fosse um médico e eu algum menino fraco de espírito, o que acho muito constrangedor. Ele diz achar excessiva minha renovada alegria, em se tratando das circunstâncias, do mesmo modo que assim considero sua impertinência. Em nosso caminho para Montpelier, faltando cerca de oito léguas, ao passarmos por Nismes, foi-nos possível ver as antigüidades romanas, sobre as quais o sr. Hawkins teve bastante a dizer – a Pont du Garde é, na verdade, uma valiosa construção, que desenhei para seu bel-prazer.

 Depois de Lyons viajamos pela Borgonha, o que nos possibilitou instruirmo-nos observando a vindima. Os próprios morros e montanhas desta região parecem ter sido dispostos por Deus de modo que as videiras que cobrem todas as encostas, do extremo norte ao extremo sul, recebam a mais plena generosidade de Fáeton. Os cachos de uvas pendem como pérolas dos galhos e apesar de emaranhados nos espinhos e no mato da sebe – o sr. Hawkins e eu dispusemo-nos, juntos, a experimentar as conseqüências de esmagá-las – na realidade o vinho borgonha que encontramos lá era aguado e fraco, quando comparado a qualquer um que pode ser comprado em Londres, e meu capricho de obter um tonel da nova vindima, ao voltarmos, foi abandonado à beira da estrada – é portanto provável que o melhor vinho da borgonha seja exportado e vendido no estrangeiro – pois quando alcançamos Dauphiné, bebemos um vinho chamado ermitage, que continha um vigor que não encontramos no borgonha – é vendido a três *livres* a garrafa – e também descobrimos uma máquina de rodas de ferro, conhecida como *alembic*, que vai sacolejando de aldeia em aldeia com o propósito de destilar o vinho local e fazer aguardente – mas isso não deve ser de seu grande interesse, desconfio.

Coro ao lembrar de minhas primeiras cartas – e gostaria de tê-las de volta se houvesse um meio de consegui-lo –, eram todas cartas de um filhote, e um filhote mimado que sentia falta de sua prima e julgava toda diferença mera estranheza – e, no entanto, ainda acredito que a fedorenta cavalinha e a salada feita com azeite fedorento e a omelete de ovos fedorentos, que a fome nos obrigou a devorar em Saint Omer, foram fielmente descritas. Mas eu ainda não tinha me livrado, então, de minha melancolia e me arrependo de me ter deixado dominar, em certas ocasiões, pela desconfiança e hostilidade.

O fato dos postilhões usarem rabos-de-cavalo e montarem em botas do tamanho de latas de leite, sem deixarem de ser estorvados pelos sapatos – dos cavalheiros de Paris usarem guarda-chuvas sobre suas cabeças em belos dias, contra o sol – dos mesmos cavalheiros contratarem o serviço de barbeiros para seus cachorros – dos cavalos terem um aspecto malcuidado – de limonada ser vendida nas ruas – cheguei a ter uma compreensão mais calorosa de semelhantes coisas do que tinha na época – e uma compreensão mais calorosa do que o mal-humorado e suarento sr. Hawkins talvez jamais tenha.

É verdade entretanto que certas estalagens são de fato sórdidas e que fomos mais de uma vez testemunhas – não, minha querida, você não tem necessidade de saber essas coisas, especialmente numa carta que sua irmã poderá arrancar de suas mãos. Existem dois aspectos deste país aos quais, embora afrancesado como estou, ainda encontro grande dificuldade de me acostumar – a divisão infernal do calendário em *jours maigres* e *jours gras* – ouvimos o incessante grito de *jour maigre* sempre que o estômago clama por um bom bife – os franceses preferem cometer um assassinato execrável do que devorar no dia errado a parte errada da criação de Deus – é tudo muito aborrecido e que Deus abençoe a Inglaterra por ser a terra da razão.

Tampouco consigo me acostumar com a falta de uma moça bonita para contemplar – na verdade, eles são uma raça trigueira e de Boulogne a Paris e de Paris a Lyons não vimos nada exceto mulheres que poderiam muito bem ser arrieiros – numa estalagem ao sul de Lyons, quando prestes a almoçar, entrou afinal uma moça bonita e todas as pessoas, franceses e viajantes, prestaram-lhe o tributo do aplauso, ao qual ela evidentemente já estava acostumada – você não deve dar nenhuma importância a nada disso. Eu ponho meus olhos no medalhão toda noite antes de fazer minhas orações.

A gente do povo é muito mais suja que a gente do povo na Inglaterra – são secos e meio famintos – e no entanto sua fome não é tal que impeça seu mau humor, sua indecência e criminalidade – são uma raça impetuosa, é claro – em Montpelier fui testemunha de um cocheiro que açoitava um cavalo que caíra de joelhos na rua e não queria se levantar – foi uma visão bárbara – Hawkins proibiu-me de intervir como teria feito em Nesfield – e quando ele acabara de açoitar o animal, seu patrão saiu de casa e deu, por sua vez, uma coça no camarada até que ele ficasse de joelhos, como o cavalo a seu lado – então, o patrão recolheu-se à casa e o cocheiro pôs os braços em torno do pescoço do cavalo – não tirei nenhum ensinamento disto, mas se eu começasse a narrar as crueldades a que assisti, você se comprazeria em que eu voltasse sem jamais ter posto os olhos na Itália.

As pessoas de classe são, segundo meu juízo, mais cuidadosas consigo mesmas do que na Inglaterra – enquanto nossa gente do povo é menos suja e relaxada do que sua equivalente francesa — as pessoas de classe aqui não descuidam de sua aparência externa como os ingleses podem displicentemente fazê-lo — o francês precisa ter seu casaco de punhos de renda e cabelo empoado e precisa parecer limpo e bem vestido — não obstante sua casa costuma estar cheia de poeira e lixo que um inglês não toleraria — é quase uma adivinhação de criança, você prefere um homem arrumado numa casa desarrumada, ou um homem desarrumado numa casa arrumada? — pergunte isso ao seu tutor da próxima vez que ele a entretiver com filosofia moral. Fomos testemunhas da sujeira e desarrumação de suas casas em virtude de seu calor e hospitalidade naturais, que eles estendem até a um filhote de urso e a seu tutor mal-humorado — são na verdade a raça mais amistosa e acolhedora que jamais conheci, embora você possa dizer que minha experiência seja menos que satisfatória, não obstante ter eu estado em Edimburgo, não se esqueça.

Indaguei especialmente de muitas pessoas de classe os esportes que elas praticam e recebi muito pouca informação — há as corridas de cavalos, é claro — há as caçadas — há o jogo, assunto que eu não mencionei a você nesta carta, querida prima — a gente do povo tem suas diversões diferentes, como poder-se-ia esperar — não consigo entretanto encontrar o esporte tal como é praticado na Inglaterra — isso representa uma fraqueza para uma nação, acredito. Tudo isso para você é maçante.

Na noite passada, serviram-nos pequenos pássaros chamados *grives* que, por não termos dicionário, não pudemos identificar — foram servidos embrulhados em folhas de parreira e assados, mas mesmo assim escorreu sangue quando os cortamos. O sr. Hawkins não tolerou isso, dizendo ser carne crua — foi-nos explicado que se assados por muito tempo, perde-se o sumo — é preciso que você corra ao dicionário e descubra que tipo de criatura comemos — há também perdizes vermelhas duas vezes maiores que as nossas da Inglaterra — você deve estar agora a ler, tão sonolenta quanto eu a escrever — boa noite, minha prima.

Post scriptum. O sr. Hawkins desconfia que eu devo ter me

esquecido de lhe informar sobre todos os detalhes de todas as antigüidades de Nismes e Pont du Garde — quantas fiadas quantos arcos quantos pés de altura a que estilo de arquitetura pertence? O toscano sr. Hawkins — é como ainda estar na sala de aula do colégio — se os antigos nos superavam ou não em beleza, tal como os superamos em praticidade — Evelina, você supera todos os antigos em beleza — assegurei ao sr. Hawkins que você foi informada de todos os assuntos que ele despejou em meus ouvidos enquanto eu desenhava — sei que posso contar com ele para lhe fazer uma arenga quando voltarmos. Sinto tanta afeição por você, minha querida, e espero que sinta um pouco a minha falta — minha melancolia encontra-se bastante dissipada — eu praguejei contra mim mesmo, como tolo que sou, quando chegamos a Montpelier, pois só posso esperar uma carta sua quando chegarmos a Nice ou até mesmo a Gênova.

Há bastante religião neste país — monges e sacerdotes abundam — vimos muitas igrejas ornamentadas com muitas estátuas em nichos na sua extremidade da frente. O sr. Hawkins saberá o nome disso — eu me esqueci temporariamente — não entramos em muitas delas exceto pela curiosidade quanto às antigüidades — há muita prata e vitrais e o incenso sufoca as narinas como rapé, de modo que meu lenço está sempre a ser exigido — há grandes crucifixos nas encruzilhadas e dentro dos campos — há muitos protestantes nesta cidade e estão bem e são governados com bondade — entretanto, segundo as leis francesas, um pastor protestante não pode praticar seus atos de culto — um deles foi enforcado na praça por fazê-lo.

Você não pode imaginar os melões que estivemos a devorar desde que alcançamos o extremo sul do país — da esplanada onde caminhamos tem-se a perspectiva do Mediterrâneo de um ponto e a das montanhas Sevennes de outro — você jamais poderia imaginar que a fruta que é tão valorizada e protegida em Nesfield — protegida da aranha vermelha — dá com tanta facilidade e abundância em outro lugar — é como se fosse uma espécie diferente, com a carnadura exuberante e dourada e doce e cheirosa — a ponto de me transformar num epicurista ou, pelo menos, num francês — até mesmo o sr. Hawkins, segundo testemunhas confiáveis, foi visto a sorrir quando um melão lhe é posto em frente. Como vê, a apreensão de minha mãe quanto à minha saúde é bastante equivocada.

Minha querida Evelina, seu primo não melhorou muito como escriba de cartas em virtude de suas viagens – a verdade é que sofro um constrangimento com a pena que raramente sinto quando estou diante de você – por isso você há de continuar a caçoar de mim como um caçador de baleia holandês – minhas respeitosas recomendações a seu pai e sua mãe – sonho com sua delicada caligrafia a me esperar em Nice.

Seu amantíssimo primo,
Hamilton Lindsay

Sir Hamilton Lindsay partiu para Chertsey na quinta-feira, 6 de agosto. Samuel Dobson viajava em cima com o cavalariço, Sir Hamilton dentro com os bastões de críquete. Esta era, sabia ele sem refletir, a hierarquia certa. Dobson apenas enrijeceria o caráter com a chuva e o tempo ruim, enquanto os bastões eram mais sensíveis à revolta dos elementos e deviam ser tratados com cuidado. Nos momentos entediantes da viagem, Sir Hamilton costumava tirar um pano macio e esfregar delicadamente um pouco de manteiga na parte achatada de seu bastão. Outros havia que preferiam óleo, mas ele sentia um certo orgulho local naquela sua peculiaridade. O bastão em si fora talhado de um galho de salgueiro cortado em sua própria propriedade; agora estava sendo besuntado por manteiga feita do leite das vacas que pastavam no prado à beira d'água, em cuja margem cresciam os salgueiros.

Ele acabou de massagear seu bastão e embrulhou-o no metro de musselina, dentro do qual ele sempre viajava. O bastão de Dobson era um artefato mais grosseiro, e Dobson, sem dúvida, tinha seus próprios segredos para torná-lo tão forte e flexível quanto o exigido. Alguns sujeitos esfregavam cerveja em seus bastões; outros, gordura de presunto; de outros, dizia-se ainda que esquentavam seus bastões diante da lareira e depois vertiam água em cima deles. Com certeza a lua precisava estar em algum quadrante ao mesmo tempo, pensou Sir Hamilton com uma sacudidela cética da cabeça. A única coisa que contava era como se batia na bola; e Dobson batia como os melhores entre eles. Pois foi a persistência e o vigor de seu braço direito que persuadiu Sir Hamilton a trazê-lo para Nesfield.

Dobson era o segundo subjardineiro na mansão. Não era Dobson, no entanto, que alguém deveria procurar se quisesse implementar um trabalho de paisagismo do finado sr. Brown. O sujeito mal podia diferenciar um nabo de um tremoço, e seus afazeres eram em geral limitados ao trabalho físico, de preferência ao especializado e detalhado. Em resumo, não lhe era permitido usar a pá sem a presença de um supervisor.

Porém, Sir Hamilton não lhe oferecera emprego – ou bancara o ladrão de caçadas, para usar a definição do ex-patrão de Dobson – com a intenção de arranjar um cortador de grama de dedos adamados. A perícia de Dobson evidenciava-se em outro tipo de gramado. Ser testemunha da firmeza do sujeito na posição de rebatedor era um consolo certo pela sua falta de inteligência no jardim da cozinha.

Chegariam a Chertsey no dia seguinte, e seguiriam para Dover no sábado. Cinco dos jogadores de críquete do duque moravam perto de Chertsey: Fry, Edmeads, Attfield, Etheridge e Wood. E ainda haveria ele mesmo, Dobson, o conde de Tankerville, William Bedster e Lumpy Stevens. O duque estaria naturalmente em Paris; Tankerville e Bedster viriam separadamente até Dover; de modo que oito deles se encontrariam na estalagem do sr. Yalden em Chertsey. Fora ali, alguns anos atrás, que Lumpy Stevens vencera a célebre aposta de Tankerville. O conde apostara que seu homem poderia acertar, num treino de arremesso de bolas, uma pena colocada no chão, uma vez em cada quatro. O sr. Stevens obsequiou seu patrão que, assim correram os boatos, lucrou várias centenas de libras com a questão. Lumpy Stevens era um dos jardineiros de Tankerville, Sir Hamilton já ficara mais de uma vez a imaginar uma aposta diferente com o conde: sobre qual de seus dois empregados conhecia menos a horticultura.

Ele admitiu estar num estado de espírito sombrio e irritável ao ignorar as paisagens que passavam. O sr. Hawkins declinara o convite para acompanhá-lo na viagem. Hamilton instara seu antigo tutor a lançar por uma última vez os olhos sobre a Europa.

Mais do que isso, ele achava uma oferta extremamente generosa carregar o velho sujeito até Paris e de volta, com certeza tendo de agüentar terríveis e lamurientos episódios de enjôo no paquete, se o passado valesse como indicador do presente. Porém, o sr. Hawkins respondera que preferia suas recordações tranqüilas a uma visão dos atuais problemas. Ele não conseguia enxergar nenhuma perspectiva entusiasmante quanto a este assunto, a despeito de toda gratidão que lhe merecia Sir Hamilton. Grato e pusilânime, refletiu Sir Hamilton, enquanto se despedia do velho fraco das pernas. Tão pusilânime quanto Evelina, que irradiara tempestades de seus olhos numa tentativa de frustrar sua partida. Por duas vezes ele a descobrira no meio de uma confusão com Dobson, e fora incapaz de arrancar de qualquer um deles o motivo de sua discussão. Dobson alegou que procurava aliviar o coração da senhora quanto à apreensão pela viagem, porém Sir Hamilton não acreditava inteiramente nele. O que teriam eles a temer, aliás? As duas nações não estavam em guerra, a missão deles era de paz e nenhum francês, não importa quão ignorante, tomaria Sir Hamilton por alguém de sua própria raça. E além disso, haveria onze deles, todos eles sujeitos robustos, armados com bastões de salgueiro inglês. Qual o possível perigo que lhes poderia advir?

Em Chertsey, eles se hospedaram no The Cricketers, onde foram recebidos com muita hospitalidade pelo sr. Yalden, que lamentou que seus dias de críquete já pertencessem ao passado. Outros lamentavam menos esse fato, já que seu anfitrião nem sempre havia demonstrado ser escrupuloso quando as regras do jogo o impediam de vencer. Porém, foi escrupuloso ao mandar seus homens de Chertsey e seus compatriotas lutarem contra seu mais duro bife. Hamilton ficou deitado, com a imagem do bife em seu estômago a jogar num mar de cerveja, tal como o paquete de Dover numa tempestade na Mancha.

Suas emoções eram pouco menos turbulentas. As lágrimas de Evelina haviam-no afetado ainda mais porque ela jamais tentara, em seus dez anos de casamento, impedi-lo de embarcar em qualquer de suas expedições para jogar críquete. Ela não era igual à mulher de Jack Heythrop, ou à de Sir James Tinker: senhoras que se encolhiam todas diante da idéia de seus maridos conviverem no gramado com ferreiros e porteiros, varredores de chaminés e engraxates. A sra. Jack Heythrop perguntava, com seu nariz a apontar para o céu, como se poderia exercer autoridade sobre o cocheiro e o jardineiro, quando na tarde anterior o cocheiro o havia eliminado ao apanhar a bola, e o jardineiro havia demonstrado tanto desprezo por seu arremesso? Não contribuía para a harmonia social, e o universo esportivo deveria ser um reflexo do universo social. Daí, de acordo com a sra. Heythrop, a superioridade manifesta da corrida de cavalos: o proprietário, treinador, jóquei e cavalariço, todos eles conheciam seus lugares, e esses lugares eram eles mesmos determinados pela auto-evidente importância deles. Que diferença da tola misturada do críquete que, além disso, e como todo mundo sabia, era pouco mais que um vulgar pretexto para se fazer apostas.

É claro que havia apostas. Qual o sentido do esporte, se a gente não apostasse? Qual o sentido de um copo de soda se não contivesse conhaque? A aposta, como certa vez Tankerville proclamara, era o sal que realçava o sabor do prato. Atualmente, o próprio Hamilton apostava modestamente, exatamente como prometera a Evelina e a sua mãe antes do casamento. Em seu atual estado de espírito, porém, e dando-se conta do dinheiro que poupara pela ausência do sr. Hawkins, ele estava mesmo inclinado a apostar um pouco acima do normal no resultado do jogo entre o time de Dorset XI e o dos Cavalheiros da França. Para ser franco, alguns dos sujeitos de Chertsey estavam ficando meio fracos dos olhos e de canelas grossas. Mas se os homens de Dorset não conseguissem derrotar os Messieurs, então deveriam transformar seus bastões em lenha para o inverno.

Deixaram Chertsey por diligência na manhã de domingo, 9 de agosto. Ao se aproximarem de Dover, encontraram várias carruagens feitas na França dirigindo-se a Londres.

— Fugindo do arremesso de bola do sr. Stevens, sem dúvida — comentou Sir Hamilton.

— É melhor não arremessar a toda, Lumpy — disse Dobson —, senão eles vão fazer nas calças.

— E você também, Dobson, se jantar muitas vezes à francesa — respondeu Stevens.

Sir Hamilton teve uma súbita recordação e recitou para os passageiros da diligência os seguintes versos:

"Ela mandou seu padre de pés nus
Da orgulhosa Gália fazer ragus."

Murmúrios incipientes saudaram os versos, e Sir Hamilton flagrou o olhar de Dobson em cima dele, mais parecendo um ansioso tutor do que um segundo subjardineiro.

Em Dover, encontraram o conde de Tankerville e William Bedster numa estalagem já mais do que apinhada de imigrantes franceses. Bedster fora anteriormente o mordomo do conde e o mais célebre rebatedor de Surrey; agora ele era dono de um bar em Chelsea e sua aposentadoria ajudara a aumentar sua circunferência. Ele e os homens de Chertsey especulavam, durante seu último almoço na Inglaterra, em torno de acontecimentos controversos de esquecidas temporadas, e discutiam ruidosamente sobre os méritos do críquete de dois tocos em comparação ao seu moderno substituto. Em outro canto da estalagem sentavam-se Tankerville e Sir Hamilton Lindsay, ruminando sobre a situação geral da França e a posição específica do amigo deles, John Sackville, terceiro duque de Dorset e embaixador de Sua Majestade, durante os últimos seis anos, na Corte de Versailles. Assuntos como esses não eram para ser ouvidos por Lumpy Stevens e os homens de Chertsey.

A embaixada de Dorset fora conduzida, desde o início, de maneira a fazer com que a sra. Jack Heythrop torcesse seu nariz em censura. Sua hospitalidade em Paris era do tipo extremamente generoso, abrigando sob seu teto jogadores e ases do carteado, p...as e parasitas. Sua intimidade com muitas das mais belas mulheres da sociedade francesa se estendia, assim se dizia, até a própria sra. Bourbon. Sussurrava-se – mas especialmente não na frente de pessoas iguais à sra. Heythrop ou ao sr. Lumpy Stevens – que Dorset chegava a viver *en famille* em Versailles. O assunto mundano da mera diplomacia ele deixava a cargo de seu amigo sr. Hailes.

Desde sua nomeação em 1783, o duque não pensara duas vezes em voltar todo ano para a Inglaterra durante os meses de críquete. Neste verão, porém, ele deixara de aparecer. A partir desta ausência, muito mais que da presença generalizada de refugiados franceses em Londres, Tankerville e Lindsay haviam julgado os distúrbios do outro lado da Mancha como sendo de inequívoca gravidade. À medida que o verão avançava e a ordem pública se deteriorava na capital francesa, desordeiros começaram a caluniar a nação britânica, e a fazerem circular boatos de que a Marinha Real exercia um bloqueio dos portos franceses. Naquela situação que se anuviava, propusera Dorset lá pelo final de julho, como gesto de conciliação e amizade entre os dois países, que se mandasse um time inglês de críquete para jogar com um time francês em Champs-Elysées. O duque, que durante seus seis anos muito fizera para fomentar o interesse pelo jogo, organizaria o onze parisiense; Tankerville foi encarregado de providenciar o transporte dos jogadores ingleses com toda a pressa.

Sir Hamilton deixou-se ficar na cama naquela noite a recordar sua excursão com o sr. Hawkins há uma dúzia, não, o mais certo seria, há quase quinze anos. Ele mesmo estava agora ficando com as canelas tão grossas quanto muitos da turma de Chertsey. Lembrava dos cavalos malcuidados e dos longos rabos-de-cavalo escorridos a penderem como enguias; da fedorenta cavalinha e do voluptuoso melão; do cocheiro e seu cavalo, ajoelhados e irmanados na surra; do sangue a escorrer dos tordos assados quando se lhes metia a faca. Ele imaginava-se a rebater as bolas francesas em todas as direções dos Champs-Elysées, e franceses carregando cães de pêlo cortado, a aplaudi-lo sob suas sombrinhas. Imaginava-se a ver o litoral francês que se aproximava; lembrava-se de que fora feliz.

Sir Hamilton Lindsay jamais se submeteu a contendas nos Champs Elysées, nem Lumpy Stevens jamais obrigou os franceses a fazer nas calças ao receberem seus diabólicos arremessos de bola. Na verdade, Lumpy Stevens jogou em Bishopsbourne, na partida entre Kent e Surrey, assistida por vários dos homens de Chertsey e por Sir Hamilton Lindsay. O *rendez-vous* deles com Dorset não ocorrera como originalmente pretendido, no *hôtel* do duque em Paris, mas sim na beira do cais de Dover na manhã de segunda-feira, 10 de agosto de 1789. O duque abandonara sua embaixada dois dias antes, e viajara as noventa milhas até Boulogne por estradas ainda mais infestadas de bandidos do que de costume. Supunha-se que o *hôtel* de Dorset fora saqueado pela multidão poucas horas depois de sua partida; mas a despeito disso, ele dava mostras de um ânimo notavelmente alegre. Esperava com grande ansiedade, disse ele, poder passar o final do verão e o outono na Inglaterra, como sempre fazia. A capital francesa não haveria de parecer tão distante, já que muitos de seus amigos parisienses tinham vindo agora para a Inglaterra. Ele descobriria se entre eles haveria uma quantidade suficiente para que a partida, originalmente planejada para os Champs-Elysées, fosse, em vez disso, jogada em Sevenoaks.

O general Sir Hamilton Lindsay e sua mulher caminhavam até a igreja toda tarde de domingo. Era na verdade uma estranha peregrinação, já que ele preferiria pôr os pés numa mesquita ou numa sinagoga, do que num lugar de culto papista. Porém o fato de a igreja ter sido em parte destruída e no momento totalmente desativada, drenava muito veneno daquela visita. Além do mais, era o tipo de perambulação que ele precisava para despertar algum apetite no jantar. Lady Lindsay insistira naquela movimentação das pernas, desde quando permitiram-lhe vir juntar-se a ele.

Um tenente costumava acompanhá-los a uma discreta distância, o que não ofendia Sir Hamilton, a despeito de ter dado sua palavra de honra quanto a isso, como cavalheiro e soldado. Os franceses afirmavam que a presença do oficial era para o caso do general e de sua mulher precisarem de proteção contra os patriotas locais mais grosseiros; e ele estava pronto a fazer vista grossa a este embuste diplomático. O general de Rauzan recebia sem dúvida o mesmo tratamento cortês na sua vila perto de Roehampton.

Elementos do exército revolucionário haviam passado pela aldeia em sua marcha a Lyon, aproximadamente uma dúzia de anos atrás. Arrancaram os sinos da igreja; a prataria e o cobre foram saqueados; o padre encorajado a casar-se ou a fugir. Três artilheiros posicionaram seu artefato apontando para a porta ocidental, e usaram os santos em seus nichos como alvos para treinar seus tiros. Como comentava o general toda semana – comentário que sempre lhe provocava um breve bom humor – a pontaria deles não era nada comparada à de Lumpy Stevens. Incineraram livros, arrancaram portas de suas dobradiças; destruíram as cores dos vitrais a pauladas. Os soldados chegaram a iniciar a demolição do muro meridional, e ao partirem deixaram instruções de que a igreja deveria ser usada como pedreira. Os aldeões, no entanto, haviam demonstrado uma pia obstinação, e nenhuma pedra fora removida; mesmo assim, o vento e a chuva de vento varriam agressivamente o prédio atingido.

Ao voltarem, o jantar seria servido sob o toldo no terraço, e Dobson quedava desajeitado atrás da cadeira de Lady Lindsay. Segundo o ponto de vista do general, o sujeitinho conseguira efetuar com alguma habilidade suas várias transições consecutivas: jogador de críquete, jardineiro, soldado da infantaria e agora mordomo, criado pessoal e forrageador-chefe. O caráter muito súbito de sua improvisada *ménage* permitira, de modo natural, um pouco mais de informalidade do que seria tolerada em Nesfield; mesmo assim, o general ficava surpreso ao ver que, ao se dirigir a sua adorada Evelina, seu olhar costumava deslizar cada vez mais além do seu chapéu e fixar-se em Dobson, de pé atrás dela. Às vezes, ele se via até mesmo dirigindo a palavra a Dobson, como se na expectativa de que ele se juntasse à conversa. Felizmente o sujeito era suficientemente educado para nunca encontrar o olhar de seu patrão nessas ocasiões, e, além disso, sabia fingir uma surdez conveniente. Evelina, por seu lado, tratava o desvio da norma social por parte de seu marido, como se fosse mera excentricidade, pela qual deveria ser responsabilizado seu longo exílio e a falta de convívio social. Ele estava de fato muito mudado quando ela viera há três anos: tornara-se corpulento — sem dúvida devido à inadequada dieta —, mas também indolente e abatido. Ela duvidara de seu prazer em revê-la; porém achou que seu espírito só viajava agora no passado. Era natural que ele pensasse com tanta insistência na Inglaterra, porém a Inglaterra também deveria representar o futuro. Era isso que ela lhe instou a esperar; um dia, eles com certeza voltariam. Circularam deprimentes boatos de que Bonaparte não punha muito zelo no retorno do general de Rauzan às fileiras de seu alto comando; e era verdade que a notória docilidade com que o francês se deixara capturar em Maida por Sir John Stuart seria passível de desagradar qualquer comandante. Porém semelhantes boatos precisavam ser ignorados, acreditava; era preciso que se acendesse o lume da esperança. A Inglaterra, a Inglaterra e o futuro, instava-o ela. Mas no espírito do general, a Inglaterra parecia apenas representar o passado, e ele estava ligado a este passado tanto por Dobson quanto por sua mulher.

— Aqueles artilheiros, querida. Tivessem eles metade da perícia de Lumpy Stevens, e não teriam desperdiçado tantos tiros.

— É verdade, Hamilton.

Lumpy conseguia acertar uma pena colocada no chão, uma vez em cada quatro arremessos de bola, durante o treino. Mais de uma vez em cada quatro. Ele ganhara a aposta para Tankerville em Chertsey. Lumpy fora jardineiro do conde. Quantos deles estariam agora enterrados no solo?

— Dorset nunca mais foi o mesmo sujeito — prosseguiu ele, empurrando os restos de sua costeleta para a beira do prato. — Ele recolheu-se em Knole e não recebia mais ninguém. — Sir Hamilton soubera de fonte fidedigna que ele se mantinha em seu quarto como um anacoreta, e que seu prazer era ouvir a melodia de violinos em surdina a tocarem do outro lado da porta.

— Ouvi dizer que sua família tinha tendência à melancolia.

— Dorset sempre foi animadíssimo — respondeu o general. — Antes. — Isso era verdade, e de início permanecera assim depois de seu retorno da França. Naquele outono ocorreram muitas partidas de críquete, como sempre acontecera durante toda a vida deles. Mas à medida que Knole se enchia de *émigrés*, a situação na França carreara nuvens negras para o espírito de Dorset. Houve cartas trocadas com a sra. Bourbon, e muita gente achou que a perda daquela intimidade fora o motivo imediato de sua melancolia. Repetia-se, nem sempre no mais caloroso dos ânimos, que ao deixar Paris o duque presenteara a sra. Bourbon com seu bastão de críquete, e que aquela senhora guardara este atributo da virilidade inglesa em seu armário, do mesmo modo que Dido dependurara os calções largos de Enéias depois de sua partida. O general não conhecia os detalhes deste boato. Sabia apenas que Dorset continuara a jogar críquete em Sevenoaks até o final da temporada de 1791 – o mesmo verão em que a sra. Bourbon e seu marido intentaram sua fuga para Varennes. Haviam sido presos e Dorset deixara de jogar críquete. Era só o que o general podia dizer, a não ser que Dorset, peneirando o burburinho do mundo até chegar a violinos em surdina através de uma porta fechada, não vivera bastante para saber as notícias sangrentas de 16 de outubro de 1793.

Deus que o livrasse, ele não era nenhum papista, mas também os artilheiros e fuzileiros do exército revolucionário não eram de modo algum cavalheiros protestantes. Arrancaram os crucifixos dos campos e fizeram um *auto-de-fé* com eles. Tinham feito mulas e jumentos desfilarem em procissão paramentados com as vestes de bispos. Queimaram livros de orações e catecismos. Obrigaram padres a se casar, e ordenaram a franceses e francesas que cuspissem na imagem de Cristo. Levaram suas baionetas até os altares e seus martelos até as cabeças dos santos. Desmantelaram os sinos e levaram-nos a fundições, onde foram fundidos como canhões para bombardear novas igrejas. Expurgaram o cristianismo da guerra, e qual fora sua recompensa? Bonaparte.

Bonaparte, guerra, fome, falsos sonhos de conquista e o desprezo da Europa. Doía ao general que fosse assim. Seus colegas oficiais fizeram muitas vezes troça dele por ser galófilo. Era um fato que ele reconhecia, descrevendo, numa genuína justificação, o caráter nacional tal como ele o observara. Mas ele também sabia que a verdadeira fonte de sua inclinação residia bastante nos efeitos da memória. Achava provável que todos os cavalheiros de sua idade se amassem de certo modo quando jovens, e estendessem naturalmente essa ternura aos ambientes de suas juventudes. Para Sir Hamilton, essa fora a época de sua excursão com o sr. Hawkins. Ele agora voltara à França, mas era um país mudado e mutilado. Ele perdera sua juventude: bem, todo ser vivo a perdia. Mas também perdera sua Inglaterra e sua França. Será que esperavam que ele também agüentasse isto? Seu espírito tornara-se um pouco mais firme depois que deixaram Evelina e Dobson virem juntar-se a ele. E não obstante, havia ocasiões em que ele sabia o que o pobre Dorset sentia, só que em seu caso não havia porta e os violinos não eram em surdina.

— Dorset, Tankerville, Stevens, Bedster, eu mesmo, Dobson, Attfield, Fry, Etheridge, Edmeads...

— O tenente arranjou-nos um melão, querido.

– A quem esqueço? A quem esqueço, raios? Por que é sempre o mesmo? – O general lançou um olhar fixo à sua mulher do outro lado, que estava pronta para cortar. – O quê? Uma bola de críquete? Uma bala de canhão? Os violinos zuniam em seus ouvidos como insetos. – A quem esqueço? – Inclinou-se para a frente, apoiado nos cotovelos, e cobriu suas pálpebras com as pontas dos dedos inchados. Dobson inclinou rapidamente a cabeça em direção a Lady Lindsay.

– Você se esqueceu do sr. Wood, eu creio, querido – murmurou ela.

– *Wood.* – O general retirou os dedos dos olhos, sorriu para sua mulher, e fez um sinal com a cabeça quando Dobson arriou uma fatia de melão diante dele. – Wood. Ele não era um sujeito de Chertsey?

Lady Lindsay foi incapaz de obter auxílio quanto a essa indagação, já que os olhos de seu marido estavam postos nela. Por isso respondeu com cautela.

– Não saberia dizer.

– Não. Wood jamais foi um sujeito de Chertsey. Tem razão, querida. Vamos esquecê-lo. – O general polvilhou açúcar em cima de seu melão. – Ele nunca esteve na França, é claro. Dorset, Tankerville, eu, e é só. Dobson, é claro, esteve depois na França. Fico imaginando o que teriam achado de Lumpy Stevens?

Lumpy Stevens ganhara a aposta para Tankerville. Lumpy Stevens conseguia acertar a pena uma vez, em cada quatro tentativas, no treino de arremesso de bola. Os artilheiros franceses...

– Talvez a gente possa esperar uma carta amanhã, querido.

– Uma carta? Do sr. Wood? Duvido muito. O sr. Wood está com certeza jogando críquete com o anjo Gabriel neste exato momento, no gramado dos Campos Elísios. Deve estar morto e enterrado agora. Todos eles também devem estar. Embora não Dobson, é claro. Não Dobson. – O general lançou um olhar acima do chapéu de sua mulher. Lá estava Dobson, olhando bem para a frente, surdo.

A embaixada de Dorset em Paris prosperara. Houvera reclamações contra ele do tipo que se costumava fazer. Nos dias de hoje o mundo era governado pela sra. Jack Heythrop e suas irmãs.

Porém *The Times* relatara em 1787 que, como conseqüência e exemplo do duque, as corridas de cavalo haviam começado a declinar na França, sendo substituídas pelo culto ao críquete, que viera utilizar melhor os gramados franceses. O general ficara surpreso que o tenente que os espionava desconhecesse isso, mas feitas as contas, descobriu que o sujeito mal devia ter desmamado de sua ama-de-leite, na época.

A multidão queimara o *hôtel* de Dorset em Paris. Queimaram livros de orações e catecismos. O que acontecera com o bastão de críquete de Dorset? Queimaram-no também? Estávamos prestes a embarcar em Dover na manhã do dia 10, e quem deveríamos avistar senão o duque? E alegre também. Dali fôramos a Bishopbourne para jantar com Sir Horace Mann, e no dia seguinte a partida entre Kent e Surrey...

— Dorset, Tankerville, Stevens, Bedster, eu...
— O melão está doce, não acha?
— Dobson, Attfield, Fry, Etheridge, Edmeads...
— Acho que amanhã deve chegar uma carta.
— A quem esqueço? A quem esqueço?

O médico, apesar de francês, parecera a Lady Lindsay um sujeito razoável. Era estudante e seguidor de Pinel. Não se devia deixar, segundo ele, a melancolia se transformar em *démence*. O general deveria ter opções de diversão. Deveria fazer caminhadas quantas vezes pudesse ser persuadido a isso. Não lhe seria permitido mais do que um copo de vinho ao jantar. Devia-lhe recordar momentos agradáveis do passado. O médico fora de opinião que, a despeito da sensível melhora do estado do general provocada pela presença de madame, talvez fosse aconselhável mandar buscar esse sujeito Dobson, a quem o general tanto aludia, de modo que de início o médico o tomara pelo filho do paciente. Era necessário, é claro, manter Sir Hamilton sob vigilância, mas esta seria a mais discreta possível. O lamentável era que, segundo a informação particular do médico, não havia perspectiva imediata de se efetuar a troca proposta, e de o inglês poder voltar para seu país. Infelizmente, parecia que os paladinos e a família do general de Rauzan haviam fracassado reiteradamente em persuadir as pessoas próximas ao imperador da importância militar do francês.

— A quem esqueço?
— Você se esquece do sr. Wood.
— Sr. Wood. Eu sabia. Ele era um dos sujeitos de Chertsey, não era?
— Tenho quase certeza.
— Ele era de fato um sujeito de Chertsey. Ótimo sujeito, Wood.

Normalmente ele lembrava-se de Wood. Era Etheridge a quem esquecia. Etheridge ou Edmeads. Uma vez esquecera de si mesmo. Ele tinha os outros dez nomes, mas não conseguia distinguir o décimo primeiro. Como podia isto acontecer, um homem esquecer a si próprio?

O general se pusera de pé, com um copo de vinho vazio na mão.

— Minha querida — começou ele, dirigindo-se a sua mulher, mas olhando para Dobson —, quando reflito sobre a terrível história deste país, que eu mesmo visitei pela primeira vez no ano de 1774 de Nosso Senhor...

— O melão — comentou airosamente sua mulher.

— ... e que, desde então, padeceu de tantos sofrimentos. Há uma determinada conclusão a que gostaria de me arriscar.

Não, ela precisava ser evitada. Nunca era benéfica. De início ela sorrira da reflexão, mas levava à melancolia, sempre à melancolia.

— Você quer mais melão, Hamilton? — perguntou ela em voz alta.

— Parece-me que os terríveis acontecimentos daquele terrível ano, de todos esses terríveis anos, que afastaram tanto nossos dois países, que levaram a esta terrível guerra, tais acontecimentos poderiam ter sido evitados, na realidade poderiam de fato ser evitados por algo que, ao primeiro exame, você poderia julgar um mero capricho...

— Hamilton! — A mulher levantara-se por sua vez, mas seu marido ainda fitava, além dela, o impassível Dobson. — *Hamilton!* — Quando ele continuou a fazer ouvidos moucos às suas palavras, ela pegou seu copo de vinho e atirou-o no terraço.

Os guinchos dos violinos cessaram. O general devolveu o olhar dela e sentou-se de novo, acanhado.

— Ah bem, querida — falou —, foi só uma idéia boba minha. O melão está maduro, não está? Vamos ambos comer outra fatia?

ETERNAMENTE

Ela os carregava o tempo todo, numa sacola amarrada a seu pescoço. Furara o polietileno com um garfo, de modo que a condensação não se juntasse e apodrecesse o frágil cartão. Ela sabia o que acontecia quando se cobriam plantinhas novas num vaso de plantas: a umidade surgia do nada para criar seu súbito clima. Isso precisava ser evitado. Houvera tanta umidade no passado, tanta chuva, tanta lama revirada e tantos cavalos afogados. Ela mesma não se importava, porém continuava a se importar com eles, com todos eles, naqueles dias do passado.

Havia três cartões-postais, os últimos mandados por ele. Os primeiros tinham ficado separados, talvez perdidos, mas ela tinha os últimos, o derradeiro testemunho dele. No próprio dia, ela costumava desatar a sacola e passar seus olhos pelo trêmulo endereço a lápis, pela assinatura formal (só as iniciais e o sobrenome), as rasuras ordeiras. Durante muitos anos ela padecera pelo que os cartões não diziam; porém atualmente conseguia descobrir alguma coisa em sua passividade oficial, que parecia adequada apesar de nada consoladora.

É claro que ela na realidade não precisava olhar para eles, não mais do que precisava da foto para recordar seus olhos escuros, orelhas meio de abano, e o sorriso vivaz confirmando que a brincadeira estaria terminada até o Natal. A qualquer momento ela poderia resgatar com exatidão em sua cabeça os três pedaços de cartão amarelado do exército. As datas: 24 de dezembro, 11 de janeiro, 17 de janeiro, escritas na própria caligrafia dele e confirmadas pelo carimbo postal, que acrescentava os anos: 16, 17, 17. "NADA deve ser escrito deste lado exceto a data e a assinatura do remetente. As frases inadequadas podem ser rasuradas. *Se qualquer outra coisa for acrescentada o cartão-postal será destruído.*" E a seguir as opções brutais.

Estou passando bastante bem
Dei entrada no hospital
$\left\{\begin{array}{l}\text{doente}\\ \text{ferido}\end{array}\right\}$ e estou melhorando bem
  e espero breve receber baixa
Fui enviado para a base
Recebi $\left\{\begin{array}{l}\text{sua carta datada de ....}\\ \text{seu telegrama ....}\\ \text{seu pacote ....}\end{array}\right.$
Segue carta na primeira oportunidade
Não recebi carta sua
$\left\{\begin{array}{l}\text{Recentemente}\\ \text{Há muito tempo}\end{array}\right.$

Ele estava bastante bem em cada uma das ocasiões. Nunca dera entrada no hospital. Não estava sendo enviado para a base. Recebera uma carta numa certa data. Seguiria uma carta na primeira oportunidade. Não deixara de receber carta. Tudo isso com rasuras feitas com lápis de ponta grossa e uma única data. Então, ao lado da instrução "*Apenas a assinatura*"; o derradeiro sinal de seu irmão. S. Moss. Um grande *S* bem arredondado seguido de um ponto final em círculo. O Moss escrito sem tirar do cartão o que ela sempre imaginara ser um cotoco de lápis lambido com cuidado.

Do outro lado, o nome da mãe deles – sra. Moss, com um grande *M* e uma pequena linha afiada sob o *ra* – e em seguida o endereço. Outro aviso na beirada, desta vez em letras menores. "O endereço só deve ser escrito deste lado. Se qualquer outra coisa for acrescentada, este cartão-postal será destruído." Porém ao longo da parte de cima do segundo cartão, Sammy escrevera alguma coisa, e ele não fora destruído. Uma bem traçada linha em tinta, sem o tosco arredondamento de sua assinatura a lápis: "*50 m dos Alemães. Enviado da Trincheira.*" No decorrer de cinqüenta anos, um para cada metro sublinhado, ela não descobrira a resposta. Por que ele o escrevera, por que à tinta, por que o permitiram? Sam era um rapaz responsável e cauteloso, especialmente em relação à mãe deles, e não teria arriscado um silêncio preocupante. Porém escrevera inegavelmente aquelas palavras. E à tinta, além do mais. Seria um código para algo? Uma premonição da morte? Só que Sam não era o tipo de ter premonições. Talvez fosse simples entusiasmo, desejo de impressionar. Olha só como estamos perto. '*50 m* dos Alemães. Enviado da Trincheira.'

Ela estava satisfeita dele estar em Cabaret Rouge, com sua própria lápide. Encontrado e identificado. Recebido um enterro em lugar conhecido e com honras. Tinha horror de Thiepval, horror que não conseguia diminuir a despeito de suas visitas anuais obrigatórias. As almas perdidas de Thiepval. Você tinha que se preparar adequadamente para elas, para seu caráter de perdidas. Por isso ela sempre começava por outro lugar, por Caterpillar Valley, Thistle Dump, Quarry, Blighty Valley, Ulster Tower, Herbécourt.

"Auroras Nunca Mais
Retornos Noturnos Nunca Mais
Exceto o que Pensamos de Ti"

Isso era em Herbécourt, uma área murada no meio dos campos, com espaço para uns duzentos, a maioria australianos, porém este era um rapaz inglês, o dono da inscrição. Seria um vício ter se tornado tamanha *connaisseuse* da dor? E não obstante, era verdade, ela tinha seus cemitérios favoritos. Como Blighty Valley e Thistle Dump, ambos meio escondidos da estrada num recanto do vale; ou Quarry, um cemitério que parecia abandonado por sua aldeia; ou Devonshire, aquele pequenino e íntimo pedaço para os devonshirianos que morreram no primeiro dia do Somme, que lutaram para manter aquele cume, e o mantiveram apesar de tudo. Você seguia placas de britânico verde-turfe, em seguida atravessava campos guardados por Cristos martirizados de madeira, até esses santuários da ordem, onde cuidava-se de tudo. As lápides eram enfileiradas como impacientes dominós; sob elas estavam presentes seus donos, de modo correto, arrolados, cuidados. Altares cor de creme proclamavam que "SEUS NOMES VIVERÃO ETERNAMENTE". E assim era, nos túmulos, nos livros, nos corações, nas lembranças.

A cada ano ela ficava imaginando se aquela seria sua última visita. A vida dela não continuava a oferecer-lhe a possibilidade de mais duas décadas, uma década, cinco anos. Em vez disso, era agora renovada numa base anual, como sua carteira de motorista.

A cada abril, o sr. Holling era obrigado a dar uma certidão declarando-a apta a mais doze meses atrás do volante. Talvez ela e o Morris se acabassem no mesmo dia.

Antes fora o trem-barco, o expresso até Amiens, um parador local, um ônibus ou dois. Desde que comprara o Morris tornara-se em teoria mais livre; e no entanto sua rotina continuava quase imutável. Ela costumava dirigir até Dover e pegar uma barca noturna, viajando no escuro pela Mancha ao lado de fortudos caminhoneiros. Poupava dinheiro, e significava que ela sempre estaria na França ao amanhecer. "Auroras Nunca Mais..." Ele deve ter visto cada amanhecer e imaginado se aquela seria a data que eles poriam na sua lápide... Depois ela seguiria pela N43 até St-Omer, até Aire e Lillers, onde geralmente comia um croissant e tomava um *thé à l'anglaise*. De Lillers a N43 continuava até Béthune, mas ela fugia dali: ao sul de Béthune havia a D937 para Arras, e ali, numa grande reta onde a rodovia fazia um cotovelo – para se lembrar –, ficava o pórtico abobadado do brigadeiro Sir Frank Higginson. Não deveria ultrapassá-lo, mesmo se pretendesse voltar. Ela fizera isso certa vez, logo que comprara o Morris, contornara Cabaret Rouge em segunda, e parecera a mais grosseira descortesia a Sammy e àqueles que jaziam a seu lado: não, ainda não é a sua vez, é só esperar e nós chegaremos. Não, era isso o que os outros motoristas faziam.

Então, em vez disso, ela atalharia do sul desde Lillers e chegaria a Arras pela D341. Dali, naquele triângulo reduzido cujos pontos meridionais eram Albert e Péronne, haveria de começar sua solene e necessária excursão pelos campos e florestas onde, muitas décadas antes, o exército britânico atacara para aliviar a pressão sobre os franceses em Verdun. Fora o início de tudo, de qualquer maneira. Sem dúvida os eruditos já deveriam estar agora reconsiderando as coisas, mas era por isso que existiam; ela mesma não tinha mais argumentos que empregar ou posições para manter. Dava valor somente àquilo que vivera na época; um esboço de estratégia, a convicção da bravura, e a realidade do luto.

De início, naquela época, o fato de a dor ser comum ajudava: mulheres, mães, camaradas, uma plêiade de oficiais de alta patente, e um corneteiro no meio da neblina gasosa da manhã, que um fraco sol de novembro não conseguira dissolver. Mais tarde, recordar Sam mudara: tornara-se uma tarefa, continuidade; no lugar do sofrimento e da glória, havia uma feroz irracionalidade, tanto a respeito da morte dele, quanto da homenagem que ela lhe prestava. Durante esse período, ela ansiava pela solidão e a volúpia solitária da dor: seu Sam, sua perda, seu luto, e o de ninguém mais se compara. Ela confessava: não tinha vergonha. Mas agora, depois de meio século, seus sentimentos simplesmente tornaram-se parte dela. Seu sofrimento era um compasso, necessário, que a sustentava, e ela não podia imaginar como seria andar sem ele.

Quando ela terminara com Herbécourt e Devonshire, Thistle Dump e Caterpillar Valley, costumava vir, sempre trêmula, ao grande memorial de tijolos vermelhos em Thiepval. Um arco de triunfo, sim, mas de que tipo, imaginava ela: de triunfo sobre a morte, ou do triunfo da morte? "Aqui estão registrados os nomes de oficiais e soldados das Forças Armadas Britânicas que tombaram nos campos de batalha do Somme, julho de 1915–fevereiro de 1918, mas a quem o destino da guerra negou o sepultamento com honras e testemunhas recebidos por seus camaradas na morte." Cume de Thiepval, floresta de Pozières, Albert, Morval, Ginchy, Guillemont, Ancre, Alto de Ancre, floresta Alta, floresta de Delville, Bapaume, cume do Bazentin, Miraumont, cumes do Transloy, Flers-Courcelette. Batalha após batalha, cada uma com uma coroa de louros de pedra dedicada a ela, seu trecho de muro: nome após nome após nome, os "Desaparecidos do Somme", o grafite oficial da morte. Este monumento da autoria de Sir Edwin Lutyens a repugnava, sempre o fizera. Ela não podia tolerar a idéia desses homens perdidos, explodidos em pedaços irreconhecíveis, mergulhados nos atoleiros, em determinado momento ali presentes por completo, com mochila e polainas, cantil e rações, com suas memórias e esperanças, seu passado e seu futuro, todos contidos neles, e no momento seguinte apenas um pedaço de tecido cáqui ou uma lasca da tíbia para provar que certa vez existiram. Ou pior: alguns desses nomes tinham recebido enterro em lugar conhecido e com honras, um pedaço de terra com seu nome em cima, só para que alguma nova batalha com sua negligente artilharia destruísse o cemitério provisório e lhes destinasse um segundo e derradeiro extermínio. E no entanto, cada um desses pedaços de uniforme e de carne – não importa se recém-mortos ou bastante decompostos – fora trazido de volta e reorganizado, e alistado no regimento eterno dos que faltavam, equipados e obrigados a se vestir a toque de caixa. Algo na maneira como desapareceram e algo na maneira como eram agora recuperados representavam mais do que ela podia tolerar: como se um exército que os jogara fora com tanta ligeireza escolhesse agora apropriar-se deles com tanta seriedade. Ela não tinha certeza se esse era o caso. Ela não pretendia entender nada de assuntos militares. Tudo que pretendia era uma compreensão da dor.

Sua desconfiança de Thiepval sempre fez com que lesse os epitáfios com um olhar cético, olhar de revisor de texto. Ela notou, por exemplo, que a tradução francesa da inscrição inglesa arrolava – de modo como a inglesa não fazia – o número total dos desaparecidos. 73.367. Este era outro motivo por que ela não gostava de estar ali, em pé no meio do arco a descortinar o pequeno cemitério anglo-francês (cruzes francesas à esquerda, lápides inglesas à direita), enquanto o vento arrancava lágrimas de um olho que se desviava. 73.367: além de certo ponto, os números se tornam incontáveis e de efeito diminuidor. Quanto mais mortos, menos proporcional a dor. 73.367: até ela, com toda sua experiência de dor, não podia imaginar isso.

Talvez os ingleses percebessem que o número dos desaparecidos pudesse continuar aumentando com o tempo, que nenhum total fixo poderia ser verdadeiro; talvez não fosse a vergonha, mas sim uma ajuizada poesia que os fez desistir de especificar um número. E estavam certos: os números de fato mudaram. O arco foi inaugurado em 1923 pelo príncipe de Gales, e todos os nomes dos desaparecidos haviam sido talhados em sua superfície, mas mesmo assim aqui e ali, fora de sua ordem natural, recuperados tardiamente do esquecimento, viam-se alguns poucos soldados registrados sob o título de "Adenda". Ela conhecia todos os seus nomes a essa altura: Dodds T., Fuzileiros de Northumberland; Malcolm H. W., Cameronians; Lennox F. J., Royal Irish Rifles; Lowell F. H. B., Royal Warwickshire Regiment; Orr R., Royal Inniskillins; Forbes R., Cameron Highlanders; Roberts J., Middlesex Regiment; Moxham A., Wiltshire Regiment; Humphries F. J., Middlesex Regiment; Hughes H. W., Worcestershire Regiment; Bateman W. T., Northamptonshire Regiment; Tarling E., The Cameronians; Richard W., Royal Field Artillery; Rollins S., East Lancashire Regiment; Byrne L., Royal Irish Rifles; Gale E. O., East Yorkshire

Regiment; Walters J., Royal Fusiliers; Argar D., Royal Field Artillery. "Auroras Nunca Mais, Retornos Noturnos Nunca Mais..."

Ela sentia-se mais próxima de Rollins S., já que era de East Lancashire; costumava sempre sorrir das iniciais que haviam infligido ao soldado raso Lovell; mas era Malcolm H. W. que costumava deixá-la mais intrigada. Malcolm H. W., ou para transcrever por extenso sua inscrição: "Malcolm H. W., The Cameronians (Sco. Rif.) serviu como Wilson H." Um *adendum* e *corrigendum* de uma só vez. Quando ela o descobrira pela primeira vez, comprazia-se em imaginar sua história. Não teria ele idade suficiente? Será que falsificou seu nome para fugir de casa, para fugir de alguma garota? Seria procurado por algum crime, como aqueles sujeitos que se engajavam na Legião Estrangeira francesa? Ela não queria na realidade uma resposta, mas gostava de sonhar um pouco sobre aquele homem que fora originalmente privado de sua identidade, em seguida da vida. Essa acumulação de perdas parecia destacá-lo; durante algum tempo, sem rosto e lacônico, ele ameaçara competir com Sammy e Denis como emblema da guerra. Numa época mais tardia, ela voltou-se contra esse extravasamento da imaginação. Não havia mistério, na verdade. O soldado raso H. W. Malcolm transforma-se em H. Wilson. Com certeza ele era na realidade H. Wilson Malcolm: quando se alistou como voluntário escreveram o nome errado na coluna errada; em seguida não conseguiram mudá-lo. Isso faria sentido: o homem é apenas um engano burocrático que a morte corrige.

Ela nunca gostara muito da inscrição principal em cima do arco central.

>AUX ARMÉES
>FRANÇAISE ET
>BRITANNIQUE
>L'EMPIRE
>BRITANNIQUE
>RECON-
>NAISSANT

Cada linha era centrada, o que estava correto, mas havia um exagero de espaço branco em baixo de cada inscrição. Ela teria inserido "menos #" na revisão da prova tipográfica. E a cada ano lhe desagradava mais a quebra na palavra *reconnaissant*. Havia diferentes correntes de opinião quanto a isso — ela discutira com seus superiores no decorrer dos anos —, mas ela insistia que quebrar uma palavra no meio de uma consoante dupla era uma besteira. Você quebrava a palavra onde a própria palavra se fraturava. Olha só o que essa tolice escultural ou arquitetural havia produzido: uma quebra que deixava uma palavra diferente, *naissant*, por engano. *Naissant* não tem nada a ver com *reconnaissant*, nada mesmo; pior, introduzia a idéia de nascimento naquele monumento à morte. Ela escrevera a esse respeito à Comissão de Sepulturas de Guerra, muitos anos atrás, na qual lhe asseguraram que as normas adequadas haviam sido obedecidas. Disseram isso para *ela*!

Tampouco estava ela satisfeita com "ETERNAMENTE". Seus nomes viverão eternamente: aqui em Thiepval, também em Cabaret Rouge, Caterpillar Valley, Combles Communal Cemetery Extension, e em todos os memoriais maiores. Era, é claro, a forma correta, ou pelo menos a forma mais comum; porém algo nela preferia ver essa idéia em duas palavras: "PARA SEMPRE", parecia ter mais peso, com uma badalada de sino para cada palavra separada. De qualquer modo, comprara uma briga com o dicionário. "Sempre, sem fim." Sim, poderia significar isso naquela onipresente inscrição. Porém ela preferia o sentido I: "Durante todo o tempo futuro." O nome dele viverá durante todo o tempo futuro. Auroras nunca mais, retornos noturnos nunca mais, exceto aquilo que pensamos de ti. Era isso o que significava a inscrição.

Porém o dicionário dera o sentido I como "*Obs. exc. arc.*". Obsoleto exceto quando arcaico. Não, ah!, com certeza, não. E não com um último exemplo de 1854. Ela teria falado com o sr. Rothwell sobre isso, ou pelo menos feito uma anotação a lápis na prova tipográfica, porém esse verbete não seria revisado, e a letra *E* passara pela sua mesa sem lhe dar oportunidade de fazer a correção.

"ETERNAMENTE". Ela ficou especulando se existia essa coisa de memória coletiva, uma coisa maior que a soma das memórias individuais. Se fosse assim, seria ela meramente contérmina, ou de algum modo mais rica; ou duraria mais tempo? Ela imaginou se aqueles demasiadamente jovens para possuírem uma memória própria poderiam receber memória, um transplante. Pensou nisso especialmente em Thiepval. Embora detestasse o lugar, quando ela via jovens famílias perambulando pela grama em direção ao *arc-de-triomphe* de tijolos vermelhos, também despertava nela uma desconfiada esperança. As catedrais cristãs conseguiam inspirar religiosidade através de sua vasta presença; por que então o memorial de Lutyens não poderia provocar alguma reação igualmente extra-racional? Aquela criança relutante, choramingando a respeito da estranha comida que sua mãe tirava de caixas plásticas, talvez ganhasse aqui uma memória. Semelhante construção assegurava ao mais jovem olhar a preexistência das mais profundas emoções. Dor e medo coabitavam aqui; podiam ser respirados, absorvidos. E se fosse o caso, então essa criança poderia, por sua vez, trazer seu filho, e assim por diante, geração após geração, "ETERNAMENTE". Não apenas para contar os desaparecidos, mas para compreender o que sabiam aqueles de quem eles haviam desaparecido, e sentir de novo sua perda.

Talvez tenha sido esse o motivo por que ela se casara com Denis. É claro que jamais deveria tê-lo feito. E de certo modo nunca o fizera, pois não houvera conjunção carnal: ela sem desejá-la, ele incapaz. Durara dois anos, e o olhar de incompreensão dele ao ser entregue de volta por ela era impossível de se esquecer. Tudo que ela podia dizer em sua defesa era tratar-se da única vez em que agira assim por puro egoísmo: ela se casara com ele por seus próprios motivos, e o descartara por seus próprios motivos. Alguns poderiam dizer que o restante da vida dela também fora egoísta, dedicada inteiramente como fora a seus próprios cultos; mas isso era um egoísmo que não fazia mal a ninguém.

Pobre Denis. Ele ainda era bonito quando voltara, embora um lado de seu cabelo tivesse ficado branco e ele babasse. Quando advinham as crises, ela se ajoelhava em cima de seu peito e segurava a língua com um pedaço de lápis. Toda noite ele vagava incansável em seu sono, murmurava e rugia, fazia silêncio durante certo tempo, e então com uma precisão de ordem-unida, gritava: "*Hip! hip! hip!*" Quando ela o acordava, ele jamais se lembrava do que acontecera. Sentia dor e culpa, mas nenhuma recordação específica do motivo de sua culpa. Ela sabia: Denis fora atingido por estilhaços, passado de mão em mão e levado para o hospital sem se despedir de seu melhor amigo, o judeu Moss, abandonando Sammy para que morresse no dia seguinte durante o bombardeio dos hunos. Depois de dois anos de seu casamento, dois anos contemplando Denis a escovar vigorosamente sua mecha de cabelos brancos, para que sumisse, ela o devolvera a suas irmãs. Dali pra frente, disse-lhes, elas deveriam cuidar de Denis, que ela cuidaria de Sam. As irmãs haviam-na fitado com calado espanto. Atrás delas, no vestíbulo, Denis, com seu queixo molhado e seus olhos castanhos cheios de incompreensão, lá ficava numa estranha paciência, dando a entender não ser essa última ocorrência nada especial em si mesma, apenas mais uma de uma série de coisas que ele não conseguia compreender: certamente haveria muitas mais que lhe escapariam durante o resto de sua vida.

Ela pegara o trabalho no Dicionário um mês depois. Trabalhava sozinha num porão úmido, numa mesa em cima da qual se enroscavam longas folhas de provas tipográficas. A condensação formava gotas na janela. Ela estava armada de um abajur de bronze e um lápis, no qual fazia a ponta até não poder mais segurá-lo na mão. Sua caligrafia era grande e solta, como a de Sammy; rasurava e acrescentava, do mesmo modo que ele fizera em seus cartões-postais padronizados do exército. *Nada pode ser escrito deste lado da prova de granel. Se qualquer coisa for acrescentada à prova, ela será destruída.* Não, ela não precisava se preocupar; fazia impunemente suas correções. Detectava vírgulas que eram em itálico, e não em redondo, colchetes que deveriam ser parênteses, abreviações erradas, referências cruzadas enganosas. Vez por outra fazia sugestões. Fazia um reparo, por exemplo, em sua letra arrendondada a lápis, que determinada palavra, em sua opinião, era mais vulgar do que coloquial, ou de que o sentido da abonação era mais figurado do que transladado. Ela passava suas provas tipográficas para o sr. Rothwell, o editor-adjunto, mas nunca perguntava se suas anotações eram afinal postas em prática. O sr. Rothwell, um homem barbado, taciturno e de paz, valorizava o olho meticuloso dela, e sua boa-vontade em levar trabalho para casa, se algum fascículo estivesse em vias de ser impresso. Ele comentava consigo mesmo e com outras pessoas que ela tinha uma estranha briga com palavras rotuladas como obsoletas. Muitas vezes ela propunha *?Obs.*, de preferência a *Obs.*, como o sinal certo. Talvez tivesse alguma coisa a ver com a idade, pensava o sr. Rothwell; gente mais jovem talvez estivesse mais disposta a admitir que uma palavra já tivera sua época.

Na realidade, o sr. Rothwell era apenas cinco anos mais moço do que ela; porém a srta. Moss – como ela voltara a se chamar depois do descarte de Denis – envelhecera depressa, quase como se obedecendo à sua vontade. Os anos passavam e ela ficava gorda, seus cabelos a voarem com um pouco mais de ferocidade, fugindo dos grampos, e as lentes dos óculos a se tornarem cada vez mais grossas. Suas meias tinham um ar opaco, antiquado, e ela nunca levava sua capa à lavanderia. Os lexicógrafos mais jovens, ao entrarem em sua sala, onde ficavam guardados vários fichários antigos, perguntavam-se se o ligeiro fedor de gaiola de coelho provinha das paredes, das velhas fichas do dicionário, da capa de chuva da srta. Moss, ou da própria srta. Moss. Nada disso era importante para o sr. Rothwell, que enxergava apenas a exatidão do trabalho dela. Embora a editora lhe desse o direito de quinze dias de férias anuais, ela nunca tirava mais do que uma única semana.

De início, essas férias coincidiam com a décima primeira hora do décimo primeiro dia do décimo primeiro mês; o sr. Rothwell tinha a delicadeza de não entrar em detalhes. Nos anos posteriores, entretanto, ela tirava sua semana em outros meses, no final da primavera ou início do outono. Quando seus pais morreram e ela herdou uma modesta soma, surpreendeu certo dia o sr. Rothwell ao chegar ao trabalho num pequeno Morris cinza com assentos de couro vermelho. Ostentava uma placa de metal amarela do AA na frente, uma placa metálica GB, atrás. Com a idade de cinqüenta e três anos, ela passara de primeira no exame de motorista, manobrando seu carro com uma perícia que quase chegava ao entusiasmo.

Dormia sempre no carro. Economizava dinheiro; mas principalmente ajudava-a a ficar sozinha na companhia de si mesma e de Sam. As aldeias naquele adelgaçado triângulo ao sul de Arras já haviam se acostumado à imagem de um carro inglês meio velho, cor de metal cinza-chumbo, encostado ao lado de um memorial da guerra; dentro dele, no assento de passageiro, embrulhada numa manta de viagem, costumava dormir uma senhora idosa. Ela nunca trancava o carro à noite, já que parecia uma extravagância, até mesmo um desrespeito de sua parte sentir medo de qualquer espécie. Ela dormia enquanto as aldeias dormiam, e acordava quando uma vaca molhada, a caminho da ordenha, dava um encontrão num lado do Morris estacionado. De vez em quando costumava ser convidada por algum aldeão, mas preferia não aceitar a hospitalidade. Seu comportamento não era tido como estranho, e os cafés da região sabiam como servir-lhe *thé à l'anglaise*, sem que ela precisasse pedir.

Depois de ter terminado com Thiepval, com Thistle Dump e Caterpillar Valley, costumava atravessar Arras e pegar a D937 em direção a Béthune. Adiante ficavam Vimy, Cabaret Rouge, N.D. de Lorette. Mas havia sempre outra visita a fazer primeiro: a Maison Blanche. Que nomes tranqüilos tinham eles em sua maioria. Mas aqui em Maison Blanche estavam 40 mil alemães mortos, 40 mil hunos sepultados sob suas esguias cruzes negras, imagem tão ordeira quanto poder-se-ia esperar dos hunos, embora não tão esplêndida como a das sepulturas inglesas. Ela se demorava ali, lendo alguns nomes a esmo, preocupando-se, futilmente, ao encontrar alguma data ligeiramente posterior a 21 de janeiro de 1917, se aquele poderia ser o huno que matara seu Sammy. Seria o sujeito que apertara o gatilho, alimentara a metralhadora e tapara os ouvidos enquanto o *howitzer* troava? E olha só quão pouco ele durara depois: dois dias, uma semana, um mês, ou pouco mais, na lama, antes de ser enfileirado para receber um sepultamento em lugar conhecido e com honras, encarando mais uma vez seu Sammy, embora hoje separado não por arame farpado e "*50 m*", mas por alguns quilômetros de asfalto.

Ela não sentia rancor nenhum por eles; o tempo se encarregara de esvaziar qualquer ódio pelo sujeito, regimento, o exército huno, a nação que roubara a vida de Sam. Seu ressentimento voltava-se contra os que vieram depois, e a quem ela negava o tratamento amigável de huno. Detestava a guerra de Hitler por ter desgastado a memória da Grande Guerra, por ter lhe atribuído um número, meramente a primeira entre duas. E detestava a maneira como se responsabilizava a Grande Guerra pela que a sucedera, como se Sam, Denis e todos os East lancashirianos que tombaram, fossem parcialmente a causa dessa história. Sam fizera o que pudera – servira e morrera – e fora punido depressa demais tornando-se subserviente na memória. O tempo não se comportava de modo lógico. Um recuo de cinqüenta anos até o Somme; mais cem depois disso até Waterloo; mais quatrocentos até Agincourt, ou Azincourt como preferem os franceses. Entretanto, essas distâncias haviam sido todas comprimidas. Ela punha a culpa em 1939-1945.

Ela sabia como se manter afastada daquelas partes da França onde se desenrolara a Segunda Guerra, ou, pelo menos, onde era recordada. Nos primeiros anos do Morris, ela às vezes cometera o engano de se considerar de férias, de ser uma turista. Ela podia parar impensadamente num acostamento, ou estar no meio de uma caminhada numa ruela secundária de alguma região tranqüila e calorenta do país, quando uma nítida placa num muro insípido a haveria de agredir. Homenagem a Monsieur Un Tel, *lâchement assassiné par les Allemands*, ou *tué*, ou *fusillé*, seguido de uma data moderna: 1943, 1944, 1945. Bloqueavam a vista, essas mortes, essas datas; reclamavam atenção por seu caráter recente. Ela se recusava, ela se recusava.

Quando topava assim com a Segunda Guerra, costumava fugir depressa para a aldeia mais próxima em busca de consolo. Sabia sempre onde procurar: ao lado da igreja, na *mairie*, na estação da estrada de ferro; numa bifurcação da rodovia; numa praça cheia de poeira, com limeiras cruelmente podadas e umas mesas enferrujadas de café. Ali ela haveria de encontrar seu monumento manchado pela umidade, com seu heróico *poilu*, lamentosa viúva, triunfante Marianne, galo valente. Não que a história que ela lia no plinto precisasse de qualquer ilustração escultural. 67 contra 9, 83 contra 12, 40 contra 5, 27 contra 2: aqui estava a eterna corroboração que ela buscava, o *corrigendum* histórico. Ela tocava os nomes talhados na pedra, cujo dourado fora gasto no lado que ficava ao tempo. Números cujas proporções bem conhecidas proclamavam a terrível supremacia da Grande Guerra. O olho dela verificava a lista maior, colidindo com um nome repetido duas vezes, três, quatro, cinco, seis vezes: uma geração dos homens de uma família inteira levados a sepultamento em lugar conhecido e com honras. Nas salientes estatísticas da morte, ela encontraria o consolo de que precisava.

Passava a noite em Aix-Noulette (101 de 7); em Souchez (48 de 6), onde ela recordava Plouvier, Maxime, Sergent, mortos em 17 de dezembro de 1916, o último de sua aldeia a morrer antes de seu Sam; em Carency (19 de 1); em Ablain-Saint-Nazaire (66 de 9), da qual oito dos Lherbiers homens haviam morrido, quatro no *champ d'honneur*, três como *victimes civiles*, um como *civil fusillé par l'ennemi*. Depois, na manhã seguinte, empertigada de dor, ela haveria de partir para Cabaret Rouge enquanto o orvalho ainda cobria a relva. Havia consolo na solidão e nos joelhos úmidos. Ela não conversava mais com Sam; tudo já fora dito há décadas. O coração se derramara, as desculpas haviam sido feitas, os segredos ditos. Ela também não chorava mais; isso também terminara. Porém as horas que passava com ele em Cabaret Rouge eram as mais vitais de sua vida. Sempre foram.

A D937 fez seu cotovelo indicativo em Cabaret Rouge, assegurando que se diminuísse a velocidade por respeito, chamando a atenção para o belo pórtico abobadado de Sir Frank Higginson, que funcionava ao mesmo tempo como portão de entrada e arco memorial. Do pórtico, o terreno do cemitério de início descaía, em seguida subia de novo em direção à cruz em pé, da qual não pendia o Cristo, e sim uma espada de metal. Simétrico, anfiteátrico, Cabaret Rouge abrigava 6.676 soldados britânicos, marinheiros, fuzileiros navais e gente da aeronáutica; 732 canadenses; 121 australianos; 42 sul-africanos; 7 neozelandeses; 2 membros da Infantaria Ligeira de Guernsey; 1 indiano; 1 membro de uma divisão desconhecida; e 4 alemães.

Também continha, ou melhor, recebera as cinzas espalhadas do brigadeiro Sir Frank Higginson, secretário da Comissão Imperial de Sepulturas de Guerra, que morrera em 1958, com a idade de sessenta e oito anos. Isso demonstrava verdadeira lealdade e recordação. Sua viúva, Lady Violet Lindsley Higginson, morrera quatro anos mais tarde, e suas cinzas haviam sido também espalhadas aqui. Sorte de Lady Higginson. Por que a mulher de um brigadeiro que, a despeito do que fizera na Grande Guerra, não morrera nela, haveria de merecer um sepultamento tão invejável e meritório, enquanto o mesmo seria negado à irmã de um daqueles soldados a quem o destino da guerra conduzira a um sepultamento em lugar conhecido e com honras? A Comissão negara duas vezes o seu pedido, dizendo que um cemitério militar não recebia cinzas de um civil. Na terceira vez em que ela escrevera, foram menos polidos, mandando-a bruscamente se reportar à correspondência anterior deles.

Houve incidentes no decorrer dos anos. Impediram-na de vir na décima primeira hora do décimo primeiro mês, negando-lhe permissão para passar a noite ao lado de sua sepultura. Disseram que não tinham serviços de *camping*; fingiram simpatizar, mas o que seria se todos resolvessem fazer a mesma coisa? Ela respondeu que era bastante óbvio que ninguém mais queria fazer o mesmo, mas que se quisesse, esse desejo deveria ser respeitado. Entretanto, depois de alguns anos, ela parou de sentir falta da cerimônia oficial; parecia-lhe estar cheia de gente que recordava inadequadamente, sem pureza.

Houvera problemas com a plantação. A grama no cemitério era grama francesa, e pareceu-lhe do tipo mais grosseiro, imprópria para cobrir soldados britânicos. Sua campanha a esse respeito junto à Comissão não levou a nada. Assim, numa primavera, ela levou uma pá e um metro quadrado de grama inglesa, guardada úmida numa sacola plástica. Depois do escurecer ela cavou e retirou a ultrajante grama francesa e substituiu-a pela grama inglesa mais macia, calcando-a no lugar e, em seguida, pisoteando-a. Ficou satisfeita com seu trabalho, e no ano seguinte, ao se aproximar da sepultura, não distinguiu indícios de seu replantio. E ao se ajoelhar, percebeu que seu trabalho fora desfeito: a grama francesa voltara. O mesmo acontecera quando plantara sub-repticiamente seus bulbos. Sam gostava de tulipas, especialmente as amarelas, e certo outono ela enterrara meia dúzia de bulbos. Mas na primavera seguinte, quando voltara, havia apenas empoeirados gerânios diante de sua lápide.

Ocorreu também a profanação. Não há muito tempo. Ao chegar logo depois do amanhecer, ela percebeu algo na grama que de início atribuiu a um cachorro. Mas quando viu a mesma coisa diante de 1685 Soldado raso W. A. Andrade 4º Bat. London Regt. R. Fus. 15 de março de 1915, e diante de 675 Soldado raso Leon Emanuel Levy The Cameronians (Sco. Rif.) 16 de agosto de 1916 21 anos "E a Alma Volta a Deus que a Concedeu – Mamãe", julgou muito pouco provável que um cachorro, três cachorros, conseguissem localizar as únicas três sepulturas judaicas do cemitério. Ela soltou a língua contra o zelador. Ele admitiu que profanações semelhantes já haviam ocorrido antes, e também que já haviam pichado, mas que ele sempre procurava chegar antes de qualquer outra pessoa e apagar os vestígios. Ela disse que ele podia ser honesto, mas que era obviamente preguiçoso. Ela culpou a segunda guerra. Tentou não pensar mais nisso.

Para ela, agora, a vista até 1917 estava desimpedida: as décadas eram grama cortada, e em sua extremidade havia uma fileira de lápides brancas, finas como dominós. 1358 Soldado raso Samuel M. Moss East Lancashire Regt. 21 de janeiro de 1917, e no meio a estrela-de-davi. Algumas sepulturas em Cabaret Rouge eram anônimas, sem nenhum símbolo ou sinal identificador; algumas tinham dizeres, emblemas de regimentos, harpas irlandesas, gazelas sul-africanas, folhas de bordo, samambaias neozelandesas. A maioria tinha cruzes cristãs; só três exibiam a estrela-de-davi. O soldado raso Andrade, soldado raso Levy e o soldado raso Moss. Um soldado britânico enterrado sob a estrela-de-davi: disso ela não tirava os olhos. Sam escrevera do quartel de treinamento que os sujeitos faziam brincadeiras com ele, mas sempre fora o "Judeu Moss" no colégio, e eles eram bons sujeitos, a maioria, tanto fora quanto dentro do quartel, aliás. Faziam os mesmos comentários que ele já escutara antes, porém o "Judeu Moss" era um soldado britânico, bom o bastante para lutar e morrer com seus camaradas – o que ele havia feito – e pelo que seria lembrado. Ela alienou a Segunda Guerra, que confundia as coisas. Ele era um soldado britânico, do East Lancashire Regiment, enterrado em Cabaret Rouge sob a estrela-de-davi.

Ela ficava imaginando quando eles iriam ará-los, Herbécourt, Devonshire, Quarry, Blighty Valley, Ulster Tower, Thistle Dump e Caterpillar Valley; Maison Blanche e Cabaret Rouge. Diziam, jamais. Aquela terra, lia em todo canto, era "uma doação gratuita do povo francês para servir de descanso perpétuo àqueles dos exércitos aliados que tombaram..." e assim por diante.

"ETERNAMENTE", diziam, e ela queria que fosse: durante todo o tempo futuro. A Comissão de Sepulturas de Guerra, seus sucessivos representantes no parlamento, o Foreign Office, o comandante do regimento de Sammy, todos lhe diziam a mesma coisa. Ela não acreditava neles. Em breve – dentro de cinqüenta anos mais ou menos – todo mundo que serviu na Guerra estaria morto. E se o transplante de memória não funcionasse, ou as próprias memórias fossem tidas como algo vergonhoso? Primeiro, adivinhava ela, aquelas pequenas lápides nos caminhos dos fundos teriam seus dizeres apagados a golpes de talhadeira, já que franceses e alemães haviam deixado oficialmente de se detestar, e não ficaria bem acusar os turistas alemães pelos assassinatos covardes perpetrados por seus antepassados. Em seguida, os memoriais de guerra viriam abaixo, com suas importantes estatísticas. Alguns seriam considerados de interesse arquitetônico; mas uma nova geração qualquer de moços alegres haveria de achá-los mórbidos e sonharia com coisas melhores para animar as aldeias. E depois disso já seria hora de arar os cemitérios, devolvendo-os a uma boa utilização agrícola: haviam permanecido improdutivos muito tempo. Os padres e políticos ajeitariam as coisas e os fazendeiros receberiam de volta suas terras, fertilizadas com sangue e ossos. Thiepval talvez se transformasse numa construção tombada, mas será que preservariam o pórtico abobadado de Sir Frank Higginson? O cotovelo na D937 seria declarado um risco para o tráfego; só faltava algum acidente com um bêbado para retificarem a estrada depois de todos esses anos. Então começaria o grande esquecimento, a fusão na paisagem. A guerra seria reduzida a uns dois museus, um conjunto de reproduções de trincheiras, e a uns poucos nomes; sinais taquigráficos de um sacrifício inútil.

Será que haveria uma última explosão de reminiscências? Em seu caso, não demoraria que suas próprias e renovadas excursões anuais cessassem, que o engano burocrático de sua vida fosse corrigido; não obstante, no exato momento em que ela declarava sua antigüidade, suas memórias pareciam se aguçar. Se isso acontecia com um indivíduo, não poderia também acontecer em escala nacional? Será que não haveria, em certo momento das primeiras décadas do século XXI, um derradeiro momento, iluminado pelo sol da tarde, antes de tudo aquilo ser entregue aos arquivistas? Será que não haveria um grande recuo do olhar ao longo da grama cortada das décadas, será que um espaço entre as árvores não descortinaria as fileiras curvas das estreitas lápides, lajes brancas a oferecer aos olhos seus nomes iluminados e terríveis datas, suas harpas e gazelas, samambaias e folhas de bordo, cruzes cristãs e estrelas-de-davi? Então, num piscar de olho úmido, o espaço entre as árvores se fecharia e o gramado aparado desapareceria, uma tremenda nuvem anil taparia o sol, e a história, a história bruta, a história cotidiana, se esqueceria. Seria assim?

GNOSSIENNE

Q<small>UE FIQUE BEM CLARO</small> que eu jamais assisto a congressos literários. Sei que ocorrem em hotéis *art-déco* perto de lendários museus; que sessões sobre o futuro do romance são conduzidas com *Kameradschaft*, *brio* e *bonhomie*; que amizades inesperadas chegam a durar; e que depois do trabalho pode-se saborear aguardente, drogas leves e uma boa dose de sexo. Dizem que os motoristas de táxi de Frankfurt detestam a Feira do Livro anual, porque o pessoal da literatura, em vez de se deixar conduzir às prostitutas como os respeitáveis representantes de outras profissões reunidos em convenção, preferem ficar em seus hotéis fodendo-se entre si. Sei também que os congressos literários ocorrem em mafiosos blocos, cujo ar-condicionado vibra com tifo, tétano e difteria; que os organizadores são esnobes internacionais, em busca de isenção de impostos locais; que os delegados cobiçam as passagens aéreas grátis e a oportunidade de entediarem seus rivais em várias línguas diferentes, simultaneamente; que na pretensa democracia da arte todo mundo aceita e não obstante ressente-se de seu lugar na hierarquia de fato; e que não existe um único romancista, poeta, ensaísta e até mesmo jornalista, que jamais tenha deixado aquele hotel mafioso como melhor escritor do que quando ele ou ela chegou. Sei tudo isso, como digo, porque jamais assisti a um único congresso literário.

Minhas respostas são enviadas em cartões-postais sem meu próprio endereço: "Lamento, mas não"; "Não dou palestras"; "Lamento não viajar a outra parte do mundo"; e assim por diante. A primeira linha de minha resposta a convites franceses levou alguns anos para ser aperfeiçoada. Finalmente tornou-se: "*Je regrette que je ne suis pas conférencier ni de tempérament ni d'aptitude...*" Fiquei um tanto satisfeito com isso: se eu alegasse mera incapacidade, poderia ser interpretada como modéstia, e se eu só alegasse incompatibilidade de temperamento, essa situação poderia vir a melhorar, até que se tornasse demasiado difícil uma recusa de minha parte. Desse modo, eu me tornara invulnerável a qualquer nova tentativa.

Era o puro amadorismo do convite a Marrant que me fez lê-lo duas vezes. Talvez eu não quisesse dizer amadorístico; de preferência, antiquado, já que provinha de um mundo desaparecido. Não havia nenhum lacre municipal, nenhuma promessa de hospedagem cinco estrelas, nenhum cardápio para os devotos S&M da teoria literária. O papel não tinha cabeçalho e, embora a assinatura parecesse original, o texto que a encimava tinha aquele aspecto desbotado, borrado, arroxeado do mimeógrafo a álcool ou do papel-carbono de antes da guerra. Algumas letras da máquina de escrever original (obviamente uma velha máquina manual, com teclas bem proeminentes para que o datilógrafo de um dedo só pudesse catar milho) estavam rachadas. Reparei em tudo isso; mas o que notei acima de tudo – o que me fez imaginar por um momento se eu, por uma vez na vida, não teria aptidão e temperamento – foi a frase que se destacava sozinha acima da assinatura. O texto principal explicava que o congresso ocorreria em determinada pequena aldeia no Massif Central, em certo dia de outubro. Minha presença seria bem-vinda, mas não seria necessária uma resposta; bastava apenas chegar por um dos trens listados acima. Em seguida veio a afirmação de propósito, opaca, caprichosa, sedutora: "A finalidade do congresso é a de ser encontrado na estação: comparecer já é tudo."

Examinei de novo a carta. Não, não estavam me pedindo que expusesse um trabalho, sentasse em algum painel, me preocupasse com o Destino do Romance. Não estava sendo seduzido com uma lista categoria A de colegas *conférenciers*. Não estavam me dando a passagem, a conta do hotel, muito menos um estipêndio. Franzi a testa diante da assinatura espiralada, não reproduzida à máquina. Havia algo familiar a seu respeito, que consegui situar, tal como fiz com a displicência e atrevida familiaridade do convite, dentro de uma determinada tradição literária francesa: Jarry, a patafísica, Queneau, Perec, o grupo OULIPO e assim por diante.

Os marginais oficiais, os festejados rebeldes. Jean-Luc Cazes, sim, com certeza ele fazia parte do grupo. Uma pequena surpresa o fato de ele ainda estar vivo. Qual era a definição da patafísica? "A ciência de imaginar soluções." E a finalidade do congresso era a de ser encontrado na estação.

Eu não precisava responder: foi isso, acho, o que me encantou. Não precisava dizer se iria ou não iria. Assim a carta foi perdida e novamente achada entre aquela confusão pegajosa de contas e recibos, convites e formulários de imposto, provas, cartas de pedidos e impressos de computador que geralmente escondem minha mesa. Certa tarde, arranjei o mapa amarelo Michelin, o certo: n. 76. Lá estava: Marrant-sur-Cère, trinta ou quarenta quilômetros antes de Aurillac. A ferrovia de Clermont-Ferrand passava bem pela aldeia, cujo nome, reparei, não era sublinhado em vermelho. Assim, não estaria no rol do *Guia Michelin*. Verifiquei duas vezes, em caso de meu mapa amarelo estar obsoleto, mas não havia nenhum verbete, nem no *Logis de France*, também. Onde haveriam de me hospedar? Essa não era uma parte do Cantal que eu conhecia bem. Toquei de leve no mapa por alguns minutos, fazendo-o funcionar como um livro de brinquedo em relevo: morro íngreme, *point de vue*, trilha de andarilhos, *maison forestière*. Imaginei arvoredos de castanheiros, cães trufeiros, clareiras na floresta onde os carvoeiros já haviam feito seu trabalho. Pequenas vacas de mogno dançavam nas encostas de vulcões extintos, ao som das gaitas de foles locais. Imaginei isso tudo porque minhas verdadeiras recordações do Cantal resumiam-se a duas coisas: queijo e chuva.

O outono inglês sucumbia à primeira ferroada do inverno; as folhas caídas estavam polvilhadas com o açúcar da geada prematura. Voei até Clermont-Ferrand e passei a noite no Albert-Elizabeth (*sans restaurant*). No dia seguinte, fiz na estação o que haviam me recomendado: comprei uma passagem para Vic-sur-Cère, sem mencionar ao funcionário que meu verdadeiro destino era Marrant. Determinados trens – os três arrolados em meu convite – paravam em Marrant, mas só excepcionalmente e por intermédio de uma combinação particular com certos indivíduos da ferrovia. Esse toque de mistério me agradou: senti um prazer de espião ao ver que o quadro de partidas e chegadas não mostrava uma parada intermediária entre Murat e Vic-sur-Cère. Eu só tinha bagagem de mão, aliás: o trem diminuiria a marcha, como se num rotineiro sinal vermelho, pararia, guincharia, exalaria, e naquele instante eu faria um desembarque de duende, fechando a porta com uma maliciosa carícia. Se alguém me visse desembarcar, suporia que eu era algum empregado do *Chemin de Fer*, merecendo algum favor do maquinista.

Eu tinha imaginado algum velho trem francês, o equivalente ferroviário do convite mimeografado, mas vi-me numa composição elegante de quatro vagões, com portas controladas pelo maquinista. Recapitulei minha descida em Marrant: levantava-me de meu assento ao deixarmos Murat, ficava displicentemente em pé ao lado da porta, esperava o bufido conspiratório de ar comprimido, já teria sumido antes de os demais passageiros darem por minha falta. Consegui realizar a primeira parte da manobra sem problemas; ostensivamente displicente, nem sequer olhei pelo vidro enquanto a desaceleração esperada finalmente acontecia. O trem parou, as portas se abriram e desembarquei. Para minha surpresa, fui empurrado por trás por pessoas que supus serem logicamente outros *conférenciers* – só que eram duas mulheres de cadeiras largas, lenços na cabeça, e aspecto rubicundo de moradores de terras altas, a quem se esperaria ver atrás de uma barraca vendendo ovos à dúzia e coelho esfolado, e não assinando exemplares de seu último romance. Minha segunda surpresa foi ler as palavras VIC-SUR-CÈRE. Merda! Eu só podia estar sonhando – minha estação deveria ser depois de Vic, não antes. Entrei correndo de volta entre as esbaforidas portas e tirei meu convite. De novo, merda! Eu estava certo, na primeira vez. Bolas para combinações particulares, com certos indivíduos. O filho da mãe do maquinista passara direto por Marrant. É evidente que não apreciava literatura, aquele sujeito. Eu praguejava, e não obstante estava num extraordinário bom humor.

Em Aurillac, aluguei um carro e peguei a N126 de volta pelo vale do Cère. Passei por Vic e comecei a procurar uma estrada-D, a leste, até Marrant. O tempo estava fechando, fato que notei com benévola neutralidade. Normalmente não tolero cagadas: sou testemunha de que acontecem bastantes coisas erradas em minha mesa, para que também aconteçam em todos os aspectos contingentes da vida literária. O microfone morto na palestra; o gravador que apaga o que gravou; o jornalista cujas perguntas não se ajustam a nenhuma das respostas que se foi capaz de elaborar durante uma vida inteira. Certa vez, concedi uma entrevista para o rádio francês num quarto de hotel em Paris. Houve um teste de som, o técnico apertou a tecla e à medida que as bobinas começaram a girar, o entrevistador barbeou meu queixo com o microfone. – Monsieur Clements – perguntou ele com uma espécie de autoridade íntima –, *le mythe et la réalité*?

Fitei-o durante bastante tempo, sentindo que meu francês se evaporava e meu cérebro secava. Finalmente, dei-lhe a única resposta que podia dar: perguntas assim e suas oportunas respostas brotavam com naturalidade nos intelectuais franceses, mas já que eu era um mero e pragmático romancista inglês, talvez ele arrancasse uma melhor entrevista de mim se abordasse temas tão grandiosos por intermédio de outros menores, mais ligeiros. Isso também me ajudaria a aquecer meu francês. Ele sorriu concordando, o técnico enrolou de volta a fita e o microfone foi de novo colocado como um coletor de lágrimas, para aparar minhas gotas de sabedoria. – Monsieur Clements, estamos sentados aqui no quarto de seu hotel em Paris durante uma tarde de abril. A janela está aberta e lá fora se desenrola a vida cotidiana na cidade. Do lado oposto da janela fica um armário com um espelho alto na porta. Olho para o espelho do armário e quase consigo enxergar nele o reflexo da vida cotidiana de Paris, a se desenrolar do lado de fora da janela. Monsieur Clements, *le mythe et la réalité*?

A estrada-D subia escarpada em direção a uma barreira de neblina alta, ou nuvem baixa. Liguei meus limpadores de pára-brisa antecipadamente; em seguida girei o botão dos faróis para obter um feixe de máxima intensidade, cutuquei o farol de neblina, abri um pouco a janela e dei uma risadinha. Que absurdo fugir de um outubro inglês para uma das regiões mais chuvosas da França. Como o americano que previu a vinda da Segunda Guerra e mudou-se para Guadalcanal. A visibilidade não passava de alguns metros, a estrada era estreita e do meu lado o terreno descaía para não se sabe onde. Por minha janela semi-aberta julguei ter ouvido sinos, uma cabra e o guincho de gaitas de foles, salvo se fosse apenas um porco. Meu ânimo continuou intensamente confiante. Não me sentia como o turista ansioso tentando descobrir um destino; de preferência, como um escritor confiante que sabe para onde vai seu livro.

Emergi da neblina úmida para a súbita luz do sol e céu de um azul de Ingres. A aldeia de Marrant estava deserta: as lojas de portas arriadas; os tabuleiros de legumes do lado de fora da *épicerie* cobertos com sacaria; um cachorro cochilava numa soleira. O relógio da igreja mostrava 2:50, mas bateu rangendo três, enquanto eu olhava. A *boulangerie* tinha seu horário de funcionamento gravado no vidro da porta: 8h-12h, 16h-19h. Fez-me sentir nostálgico: esses horários antiquados funcionavam quando primeiro descobri a França. Se você não tivesse comprado seu almoço de piquenique até às 12, passaria fome, porque todo mundo sabia nas aldeias francesas que o *charcutier* tinha de tirar quatro horas para dormir com a mulher do padeiro, o padeiro quatro horas para dormir com a dona da *quincaillerie*, e assim por diante. Quanto às segundas-feiras, era melhor esquecê-las. Tudo fechava, da hora do almoço de domingo até a manhã de terça-feira. Hoje o ímpeto comercial pan-europeu invadiu todos os cantos da França, menos, estranhamente, aqui.

A estação também tinha uma atmosfera de almoço, quando aproximei-me dela. A bilheteria e o quiosque de venda de jornais estavam ambos fechados, embora por algum motivo o sistema de alto-falantes transmitisse música. Uma banda amadorística de metais cheia de suíngue. Scott Joplin, parecia. Empurrei uma porta suja de vidro e passei para uma plataforma que não fora varrida, reparei no mato crescendo entre os dormentes e vi, à minha esquerda, um pequeno grupo que estava ali para dar as boas-vindas. Um prefeito, ou pelo menos um homem que parecia prefeito, desde a barba tipo barbicacho, até a faixa do cargo. Atrás dele estava a mais estranha banda municipal que eu jamais vira: uma corneta, uma tuba e uma serpentina, todas atacando furiosas a mesma música de *ragtime*, ou de cabaré, ou de sei lá o quê. O prefeito, jovem, gorducho e descorado, deu um passo à frente, agarrou a parte de cima de meus braços e beijou-me cerimoniosamente as duas faces.

— Obrigado por vir me encontrar — disse eu mecanicamente.
— Comparecer já é tudo — respondeu ele a sorrir. — Espero que tenha ficado satisfeito em ouvir música de seu país.
— Não sou americano, lamento dizer.
— Nem Satie — replicou o prefeito. — Ah, não sabia que sua mãe era escocesa? Bem, a música se chama "Le Piccadilly". Continuamos?

Por algum motivo que me era desconhecido, mas que não obstante merecia a aprovação do prefeito, eu me pus atrás dele e não perdi o passo enquanto ele ia na frente. Atrás de mim, o trio *ad hoc* atacou "Le Piccadilly" de novo. Cheguei a conhecer a música bastante bem, pois só dura pouco mais do que um minuto e eles tocaram-na umas sete ou oito vezes enquanto descíamos a plataforma, passando por uma passagem de nível sem cancela e atravessando a cidade adormecida. Eu esperava que o *charcutier* protestasse contra aquela balbúrdia metálica por atrapalhar sua concentração sexual com a mulher do padeiro, ou que pelo menos um moleque curioso saísse correndo de alguma alameda sombreada, mas passamos apenas por alguns animais de estimação imóveis, que se comportavam como se esse concerto às três da tarde fosse normal. Nenhuma persiana se movia um milímetro.

A aldeia ia se extinguindo perto de um *lavoir* meio ressaltado, uma ponte corcunda e uma extensão de lotes perfeitos, porém desocupados. Um velho Citroën surgiu de não sei onde e ultrapassou-nos delicadamente. Já não se vêem esses carros com muita freqüência; sabe, aqueles pretos, bem largos e cadeirudos, que se colam à estrada, com estribos dos lados e Maigret atrás do volante. Mas não distingui o motorista, quando ele desapareceu numa curva levantando poeira.

Passamos pelo cemitério, com meu grupo de música de fundo ainda atacando "Le Piccadilly". Um muro alto, aguçadas lápides de plutocráticas sepulturas, em seguida uma rápida paisagem através de um portão fechado a corrente. O sol rebrilhava em vidro: esquecera-me do costume de se construir pequenas estufas por cima e em volta dos túmulos. Será uma proteção simbólica para os que se foram, algo do próprio interesse dos enlutados, ou simples maneira de assegurar flores frescas durante um período de tempo maior? Nunca achei um coveiro a quem perguntar isso. Aliás, não desejamos realmente uma resposta para cada pergunta. Talvez, quanto ao nosso próprio país. Mas quanto ao dos outros? Assim sobra algum espaço para o devaneio, para a invenção simpática.

Paramos do lado de fora dos portões de uma pequena mansão de proporções divinas. Pedra parecendo porcelana, telhado de ardósia cinza carregada, modestas torres tipo pimenteiro nos cantos. Uma venerável glicínia, em sua maravilhosa segunda floração, trepava por cima de uma porta da frente, alcançada por degraus de dois lados, que sem dúvida já haviam servido de apoio para se montar a cavalo. O prefeito e eu caminhamos lado a lado pelo cascalho, nossos pés provocando distantes latidos, não ameaçadores, vindos dos estábulos. Atrás da casa havia uma mata íngreme de faias; à esquerda, um lago sombreado com vários espécimes de vida selvagem comestível; além disso, uma ravina inclinada descaía até o tipo de vale exuberante que os ingleses teriam convertido num campo de golfe. Parei; o prefeito puxava-me pelo cotovelo. Subi dois degraus, parei para cheirar as flores da glicínia, subi mais seis, virei-me e vi que ele desaparecera. Eu não estava em estado de espírito de ser surpreendido – ou melhor, aquilo que normalmente me teria surpreendido, parecia-me perfeitamente razoável. Nessa vida leviana e corriqueira, como se diz, eu talvez tivesse me perguntado em que exato momento a banda parara de tocar, se o Citroën de Maigret estava guardado nas cocheiras, por que eu não ouvira os passos do prefeito no cascalho. Em vez disso, pensei apenas: estou aqui, eles se foram. Normalmente eu teria puxado a corrente da sineta, que pendia de um anel de ferro enferrujado; dessa vez, porém, empurrei a porta.

Parte de mim esperava uma saltitante camareira de touca listrada, com um avental amarrado nas costas arqueadas por um laço duplo caído. Ao contrário, encontrei mais palavras mimeografadas e arroxeadas informando que meu quarto era no alto da escada e que eu era esperando no *salon* às 19:30. O assoalho rangia, como pensei que faria, mas de uma maneira mais reconfortante do que propriamente sinistra. As persianas de meu quarto estavam meio abertas, fornecendo-me luz suficiente para distinguir o jarro e a bacia em cima da pia de mármore, a cama de latão, o armário curvilíneo. Um interior de Bonnard, faltando apenas um gato, ou talvez Mme. Bonnard a tomar banho de esponja no banheiro. Deitei-me na cama e fiquei suspenso a meio caminho do sono, sem ser tentado por sonhos, nem perturbado pela realidade.

Como posso descrever a impressão de estar ali, naquela aldeia, naquele quarto, a familiaridade daquilo tudo? Não se tratava, como se poderia pensar, da familiaridade da memória. A melhor maneira de poder explicá-lo é fazendo uma comparação literária. Gide certa vez disse que escrevia para ser relido. Há alguns anos, entrevistei o romancista Michel Tournier, que me citou isso, parou e acrescentou, com certa sorridente complacência, "enquanto eu escrevo para ser relido da primeira vez". Compreendem o que quero dizer?

Embaixo, às 19:30, fui recebido por Jean-Luc Cazes, um desses tipos antiquados, Rive Gauche, anarcorroqueiros (casaco de couro surrado, cachimbo enterrado no canto da boca), o tipo do afável filósofo de "zinc-bar" que se desconfia fazer um tremendo sucesso com as mulheres. Entregando-me um *vin blanc* tão viscoso com cassis que levantava a suspeita de Canon Kir ter ficado com excesso de vinho branco vagabundo nas mãos, ele me apresentou aos outros hóspedes: um poeta espanhol, um diretor de cinema algeriano, um semiótico italiano, um escritor de mistério suíço, um dramaturgo alemão e um crítico de arte belga. Cazes era fluente em todas as nossas línguas, embora todos falássemos francês mais ou menos bem. Tive a intenção de perguntar aos outros sobre suas chegadas, recepção, músicas, mas de alguma maneira nunca cheguei a fazê-lo; ou, se cheguei, me esqueci.

O jantar foi servido por uma camponesinha tímida, com vogais agudas e nasais, seu *a* quase se transformando num *i*: – *Si vous n'ivez pas suffisimint, vous n'ivez qu'à deminder* – disse-nos ela com nervosa autoridade. Uma sopa grossa muito repolhuda, com presunto e ossos, que imaginei ter ficado uns cinco dias a ronronar delicadamente num panelão de cobre. Uma salada de tomate com molho avinagrado. Uma omelete *aux fines herbes* que ficava *baveuse* ao se cortá-la com a colher. Um prato de *gigot* cor-de-rosa, com um molho parecido com sangue aguado. *Haricots verts* de feijões redondos, cozidos até ficarem moles, e ensopados de manteiga. Salada. Quatro tipos de queijo. Uma terrina de frutas. Vinho em litros, sem rótulo, com uma fileira de estrelas no ombro, como um general americano. Talheres entregues a cada prato. Café e uma *vieille prune.*

Conversávamos com fluência: não era, afinal de contas, um congresso, e M. Cazes era menos um *animateur* do que uma presença encorajadora. Os outros... sabe, não consigo lembrar o que disseram, apesar de na hora fazer sentido para mim, especialmente à luz do que eu conhecia, ou pensava conhecer, de suas reputações. Quanto a mim, descobri uma improvável espontaneidade quando chegou minha vez de me dirigir à mesa. Eu não tinha, é claro, preparado nada, certo de que comparecer já era tudo; não obstante deslanchei num seguro *tour d'horizon* de vários temas culturais franceses, e saí-me estranhamente bem. Falei sobre *Le Grand Meaulnes, Le Petit Prince*, Greuze, Astérix, a *comédie larmoyante*, Bernardin de Saint-Pierre, cartazes das ferrovias de antes da Grande Guerra, Rousseau, Offenbach, os primeiros filmes de Fernandel e o significado semiótico do cinzeiro amarelo Ricard triangular – não, tricorne. Devem compreender que não é assim que me comporto normalmente. Tenho memória curta e pouca capacidade de generalizar. Prefiro discutir um único livro, ou melhor ainda, um único capítulo, ou melhor ainda, uma única página que acontece estar diante de mim.

Contei-lhes um caso para ilustrar o que eu queria dizer por charme gaulês. Certa vez, apareci em "Apostrophes", o programa de televisão sobre livros, junto com um romancista francês que escrevera a autobiografia de seu gato. Era um escritor bem conhecido que conquistara vários prêmios literários em seu país. Quando o anfitrião perguntou-lhe sobre a composição de seu último livro, ele respondeu, "eu não escrevi o livro, meu gato escreveu o livro". Essa resposta irritara o apresentador, que começou a atacar o romancista. "Eu não escrevi o livro", respondia ele toda vez, com um Gauloise a lançar uma cortina de fumaça sobre seu suéter de gola rulê e sorriso encimado por um bigode. "Meu gato escreveu o livro." Todos nós rimos desse exemplo de caprichosa provocação.

GNOSSIENNE

É melhor avisá-los que não houve nenhum *coup*. Nenhuma súbita tempestade elétrica sobre um céu de meia-noite, nenhum *feu d'artifice* ou súbita aparição de mímicos. Ninguém caminhou, com os braços miticamente estendidos, em direção a um espelho de corpo inteiro, sumindo dentro e para além dele; não houve *visiteurs du soir*. Nem houve *coup* algum no sentido francês: nenhum episódio florido com alguma esbelta *conférencière* ou picante criadinha: Mme. Bonnard não saiu do banho por minha causa. Fomos para a cama cedo depois de nos apertarmos todos as mãos.

Desconfia-se que o queijo provoca pesadelos, mas a combinação de Brie, Saint-Nectaire e Pont-l'Evèque (eu recusara o Bon Bel) teve o efeito oposto. Dormi sem sonhos, nem sequer um daqueles tranqüilos episódios em que alguém em quem ainda me reconheço, movimenta-se por ambientes ao mesmo tempo estranhos e familiares, em busca de uma recompensa estranha, embora previsível. Acordei com a cabeça clara ao som de um zunido de abelha, fora de estação, arremetendo contra as ripas descascadas das venezianas. Embaixo, mergulhei minha baguete ainda quente em minha caneca de chocolate pelando, partindo para a estação antes que os outros acordassem. Teias de aranha orvalhadas recolhiam a primeira luz do sol, como decorações de Natal. Ouvi um chocalhar atrás de mim e fui ultrapassado por um desses furgões itinerantes de açougueiro feitos de metal corrugado e prateado. Na estação, peguei meu carro e passei pela aldeia que parecia adormecida, embora pudesse perceber que as calçadas em frente às lojas já haviam sido lavadas e varridas. Eram 7:40 e o relógio rangedor da igreja bateu por três quartos de hora.

Ao dar partida no carro, meus faróis e limpadores de pára-brisa ligaram, e precisei dentro em breve deles ao descer no meio da neblina úmida da manhã para pegar novamente a N126. Em Aurillac, outra elegante composição de quatro vagões estava pronta para me levar a Clermont-Ferrand. Havia poucos passageiros e minha vista estava desimpedida; às vezes, conseguia ver até a N126, o que ajudava a me localizar. Paramos em Vic-Sur-Cère e dali em diante prestei uma atenção toda especial. Estava apreensivo a respeito da nuvem de neblina, porém o delicado sol de outubro deve tê-la dissipado. Eu espiava, virava minha cabeça regularmente de um lado para outro. Ficava à escuta do apito de aviso do trem, e tudo que posso dizer é que não passamos pela estação de Marrant-sur-Cère.

Quando o avião acabou sua primeira curva de subida, e a asa nivelada tapou o Puy-de-Dôme, lembrei do nome do escritor francês que escrevera a autobiografia de seu gato. Lembrei de minha reação, sentado ao lado dele no estúdio: seu merda pretensioso, pensei, ou palavras deste teor. Os escritores franceses a quem devo lealdade vão de Montaigne a Voltaire, a Flaubert, a Mauriac, a Camus. É preciso dizer que sou incapaz de ler *Le Petit Prince* e acho a maior parte de Greuze repugnante? Sou sentimental a respeito da clareza de pensamento, emocional a respeito da racionalidade.

Quando eu era adolescente, costumava vir à França junto com meus pais para gozar de férias motorizadas. Nunca vira um Bonnard. O único queijo que eu comia era Gruyère. Desisti de reclamar da maneira como eles estragavam os tomates com *vinaigrette*. Não podia compreender por que você precisava comer toda a carne antes que lhe servissem as verduras. Ficava imaginando por que eles colocavam grama cortada em suas omeletes. Detestava vinho tinto. Tampouco se tratava apenas de uma apreensão alimentar: ficava nervoso com a língua, as providências para dormir, os hotéis. As tensões absorvidas das férias familiares mexiam comigo. Eu não era feliz, para dizer a coisa de modo simples. Como a maioria dos adolescentes, eu precisava da ciência das soluções imaginárias. Será toda nostalgia falsa, me pergunto, e todo sentimentalismo a representação de emoções que não se sente?

Jean-Luc Cazes, descobri em minha enciclopédia, era um escritor inventado pelo grupo OULIPO e utilizado como fachada para muitas iniciativas promocionais e provocativas. *Marrant* é a palavra francesa para engraçado, o que eu, é claro, já sabia antes de minha ida: em que outro lugar poder-se-ia esperar a ocorrência de um encontro patafísico? Nunca mais vi nenhum de meus colegas participantes desde aquele dia, o que não é de surpreender. E ainda não fui a um congresso literário.

DRAGÕES

Pierre Chaigne, carpinteiro, viúvo, fazia uma lanterna. De pé com as costas para a porta de seu barracão de trabalho, enfiou os oblongos de vidro nas calhas que ele mesmo recortara e untara com banha de carneiro. Correram com facilidade e ajustaram-se bem: a chama estaria protegida, e a lanterna lançaria sua luz em todas as direções, quando isso fosse necessário. Mas Pierre Chaigne, carpinteiro, viúvo, também cortara três pedaços de faia do tamanho exato dos painéis de vidro. Ao serem inseridos, a chama seria projetada apenas numa direção, e a lanterna ficaria invisível de três pontos da bússola. Pierre Chaigne aplainou com cuidado cada pedaço de faia, e ao ficar satisfeito de que corriam com facilidade pelas calhas untadas, levou-os para um esconderijo entre a madeira descartada numa extremidade do barracão.

Tudo que era ruim vinha do norte. Não importa em que mais acreditasse a aldeia toda, ambas as partes, sabia disso. Era o vento do norte, curvando-se sobre a Montagne Noire, que fazia com que as ovelhas parissem crias mortas; foi o vento do norte que trouxe o demônio para dentro da viúva Gibault e fê-la reclamar aos gritos, mesmo em sua idade, tais coisas que sua filha teve de arrolhar sua boca com um pano, sob pena de as crianças ou o padre ouvirem o que ela queria. Era em direção ao norte, na floresta do outro lado da Montagne Noire, que vivia a Fera de Gruissan. Aqueles que a haviam visto, descreviam um cachorro do tamanho de um cavalo, pintado como um leopardo, e muitas foram as vezes em que nos campos ao redor de Gruissan, a Fera arrebatara animais, chegando a levar um pequeno bezerro. Os cães enviados por seus donos para enfrentar a Fera tiveram suas cabeças arrancadas a dentadas. A cidade fizera uma petição ao rei, e o rei mandara seu principal *arquebusier*. Depois de muitas orações e cerimônias, aquele guerreiro real partira para a floresta junto com um lenhador da região, que fugira vergonhosamente. O *arquebusier* apareceu, vários dias depois, de mãos abanando. Retornara a Paris, e a Fera voltara a fazer suas incursões. E agora, diziam, os dragões estavam chegando do norte, do norte.

Foi do norte que, vinte anos atrás, quando Pierre Chaigne, carpinteiro, viúvo, era um garoto de treze anos, vieram os comissários. Haviam chegado os dois, com punhos de renda e rostos severos, escoltados por dez soldados. Examinaram o templo e recolheram testemunhos daqueles que se apresentaram, em relação aos aumentos que haviam ocorrido. No dia seguinte, de cima de um cepo de montar, o comissário mais velho explicara a lei. O Edito Real, disse ele, dera proteção à religião deles, era verdade; mas semelhante proteção recaíra somente sobre a religião tal como estivera constituída na época do Edito. Não houvera licença de estender o culto: os inimigos da religião do rei tinham ganho tolerância, mas não encorajamento. Portanto todas as igrejas erigidas pela religião a partir do Edito deveriam ser demolidas, como aviso e ensinamento àqueles que continuavam a desafiar a religião do rei. Além do mais, para expiar seu crime, eram os próprios construtores do templo que deveriam demoli-lo. Pierre Chaigne recordou que, nesse ponto, ouviu-se um clamor dos que estavam reunidos. O comissário proclamara, portanto, que de modo a aviar-se a tarefa, quatro crianças dentre os inimigos da religião do rei haviam sido postas sob tutela dos soldados, e ficariam bem protegidas e seguras, recebendo toda a alimentação de que precisassem durante o tempo que levasse a demolição do templo. Foi nessa época que sobreveio uma grande tristeza à família de Pierre Chaigne, e logo depois morria sua mãe de uma febre de inverno.

E agora os dragões vinham do norte. Os sacerdotes da religião do rei haviam decretado que na defesa da Santa Madre Igreja contra os heréticos, tudo era permitido, menos matar. Os próprios dragões tinham outro ditado. Que importa o caminho se ele levava ao Paraíso? Eles chegaram, não há muitos anos, a Bougouin de Chavagne, onde jogaram vários homens num grande fosso na base da torre do castelo. As vítimas, quebradas pelo tombo, perdidas como se fosse na escuridão da sepultura, consolaram-se cantando o Salmo 138.

DRAGÕES

Se ando em meio à tribulação,
tu me refazes a vida;
estendes a mão contra a ira
de meus inimigos;
a tua destra me salva.

Mas com o passar de cada noite, as vozes do grande fosso haviam diminuído, até não se cantar mais o Salmo 138.

Os três soldados alocados na casa de Pierre Chaigne eram homens velhos, de pelo menos quarenta anos. Dois deles tinham cicatrizes evidentes em seus rostos, a despeito de suas grandes barbas. Na ombreira de suas túnicas de couro traziam a fera alada de seu regimento. Uma volta adicional da costura indicava, para aqueles que conheciam os assuntos militares, que aqueles homens velhos pertenciam aos *dragons étrangers du roi*. Pierre Chaigne não detinha este conhecimento, mas tinha orelhas, e elas bastavam. Aqueles homens pareciam não compreender nada do que Pierre Chaigne lhes dizia, e falavam entre eles a língua rude do norte, do norte.

Vieram acompanhados do secretário da Intendência, que leu um breve decreto para Pierre Chaigne e sua família reunida. Dado que a casa de Pierre Chaigne, carpinteiro, viúvo, por sua voluntária recusa em pagar o censo, incorria numa odiosa quebra da lei do rei, os dragões, um oficial e dois homens, ficariam aquartelados com a família Chaigne, que deveria suprir quaisquer necessidades que tivessem até a época em que a família escolhesse pagar o censo e levantar o ônus de si. Quando o secretário da Intendência se foi, um dos dois soldados rasos chamou a filha de Pierre Chaigne, Marthe, para que se aproximasse. Enquanto ela se adiantava, ele tirou do bolso um pequeno animal agressivo, que segurou pelo pescoço, empurrando-o em direção a ela. Marthe, apesar de ter apenas treze anos, não demonstrou medo do bicho; sua calma animou a família e surpreendeu o soldado, que devolveu o bicho ao longo bolso que tinha costurado ao lado das calças.

Pierre Chaigne fora considerado um inimigo da religião do rei, e portanto um inimigo do rei, mas não admitia nenhuma das duas suposições. O intendente sabia que Pierre Chaigne não podia pagar o censo imposto, ou que, se pagasse, o censo seria de imediato aumentado. Os soldados haviam sido estacionados na casa para recolher o censo; mas a própria presença deles, e o custo de sustentá-los, diminuía ainda mais qualquer possibilidade de pagamento. Isso era sabido e tido como certo.

O lar de Chaigne consistia em cinco almas: Anne Rouget, viúva, irmã da mãe de Pierre Chaigne, que viera morar com eles quando seu marido, um arador, morrera; depois de enterrar seu marido de acordo com os ritos da religião do rei, ela aceitara o culto da família de sua irmã. Passara agora dos cinqüenta anos de idade, e estava, pois, ficando fraca das idéias, mas ainda era capaz de cozinhar e arrumar a casa junto com sua sobrinha-neta Marthe. Pierre Chaigne tinha também dois filhos, Henri, de quinze anos, e Daniel, de nove. Era por Daniel que Pierre Chaigne sentia mais apreensão. A lei que dispunha sobre a idade da conversão fora duas vezes mudada. Quando o próprio Pierre era criança, fora estabelecido como lei que uma criança só poderia abandonar a igreja de seus pais quando atingisse quatorze anos, idade considerada suficiente para confirmar a capacidade mental. Em seguida essa idade fora reduzida para doze. Mas a nova lei rebaixara-a ainda, aos meros sete anos. O objetivo dessa mudança era evidente. Uma criança como Daniel, não tendo ainda a solidez mental que só se adquire com os anos, poderia ser seduzida a abandonar o culto pelas cores e perfumes, pelo luxo e pela exibição, pelos truques mambembes da religião do rei. Sabia-se já ter acontecido.

Os três *dragons étrangers du roi* indicavam suas necessidades através de um falar incompreensível e gestos claros. Ocupariam a cama e a família Chaigne poderia dormir onde quisesse. Comeriam à mesa, e a família Chaigne deveria servi-los e comer seus restos. A chave da casa foi entregue ao oficial, e também as facas que Pierre e seus filhos carregavam naturalmente para cortar a comida deles.

Na primeira noite, enquanto os três soldados esperavam sua sopa, o oficial berrou para Marthe, enquanto ela colocava as tigelas diante deles. Sua voz era estranha e alta.

— Meu estômago pensará que cortaram minha garganta – gritou ele. Os demais soldados riram. Marthe, não compreendeu. O oficial bateu com a colher em sua tigela. Então Marthe compreendeu e trouxe depressa sua comida.

O secretário de Intendência firmara que os dragões haviam sido legalmente destacados para a casa dos Chaigne com o objetivo de coletar o censo; e no segundo dia os soldados chegaram a fazer alguma tentativa de achar algum dinheiro ou valores que pudessem estar escondidos. Reviraram armários, procuraram debaixo da cama, remexeram as pilhas de madeira de Pierre. Procuraram com uma espécie de dever raivoso, sem que esperassem achar nada escondido, mas querendo que se soubesse que haviam cumprido o que lhes tinha sido formalmente ordenado. Ações prévias haviam lhes ensinado que as primeiras casas que lhes mandavam ocupar nunca eram dos ricos. Quando seus serviços foram inicialmente requisitados, há muitos anos, no final da guerra, parecera óbvio às autoridades aquartelar os dragões com aqueles que melhor pareciam poder pagar o censo. Porém esse método revelou-se lento; fortalecia o sentido de fraternidade entre os membros do culto, produzindo alguns mártires notáveis, cuja memória inspirava com freqüência os obstinados. Portanto acharam mais útil destacar os soldados para junto das famílias dos pobres. Isso produzia uma divisão útil entre os inimigos da religião do rei, quando os pobres notavam que os ricos estavam isentos dos sofrimentos que lhes eram impostos. Rápidas conversões eram assim muitas vezes obtidas.

Na segunda noite, o soldado que guardava a doninha em seu longo bolso até o joelho, puxou Daniel para sentar em seu joelho, enquanto o menino lhe oferecia pão. Ele agarrou Daniel com tanta força pela cintura que a criança começou a se debater de imediato. O soldado segurava uma faca em sua mão livre, com a qual pretendia cortar seu pão. Ele colocou a lâmina deitada na mesa, feita da madeira mais dura que Pierre Chaigne, carpinteiro, viúvo, conhecia, e com um pequeno esforço cortou uma dura e transparente cepilha da superfície da mesa.

— Seria capaz de fazer a barba de um camundongo dormindo — disse ele. Pierre Chaigne e sua família não compreenderam essas palavras; nem precisavam.

No dia seguinte, os soldados usaram a doninha para matar um frango, que comeram para o jantar, e julgando a casa fria ao meio-dia, embora o sol brilhasse, quebraram duas cadeiras e queimaram-nas na lareira, ignorando a pilha de lenha ao lado dela.

Ao contrário da religião do rei, o culto podia ser celebrado em qualquer lugar em que os fiéis se reunissem, sem necessidade de estar presentes ao templo. Os dragões se esforçaram para impedir que a família de Pierre Chaigne cumprisse com suas obrigações: a casa era trancada à noite, e os três soldados se posicionavam durante o dia de modo a poder espionar os movimentos da família. Mas eram superados por cinco a três, e às vezes era possível a fuga, e portanto uma visita a alguma casa onde se celebrava o culto. Pierre Chaigne e sua família falavam abertamente dessas coisas na frente dos dragões; e parecia uma espécie de doce vingança fazê-lo. Porém os dragões na aldeia, que somavam cerca de quarenta, possuíam suas fontes de informação, e apesar de os membros do culto mudarem com freqüência a casa onde se encontravam, eram descobertos com igual freqüência pelos soldados. Assim os inimigos da religião do rei escolheram se reunir ao ar livre, na floresta ao norte da cidade. De início encontravam-se de dia, e mais tarde à noite. Muitos temiam que a Fera de Gruissan os atacasse na escuridão, e a primeira oração era sempre dedicada a pedir proteção contra a Fera. Uma noite foram surpreendidos pelos dragões, que se lançaram contra eles aos gritos, golpeando-os e cortando-os em seguida com as espadas, expulsando-os da floresta. Na manhã seguinte, quando deram pelo sumiço da viúva Gibault, voltaram à floresta e a encontraram lá, morta de susto.

Pierre Chaigne conseguia recordar uma época em que as duas populações da cidade transitavam livremente entre si, quando um enterro ou casamento era celebrado por toda a comunidade, sem que se desse importância à fé dos participantes. Verdade que nem os adeptos da religião do rei, nem os membros do culto entravam nos lugares sagrados dos outros; mas um grupo esperava pacientemente do lado de fora até a cerimônia ter acabado, e em seguida a cidade inteira ia atrás, fosse até a sepultura ou a festa de casamento. Porém a alegria e a dor compartilhadas haviam de igual forma caído em desuso. Da mesma forma, era raro encontrar agora na cidade uma família que contivesse ambas as fés.

Embora fosse verão, os dragões precisavam de fogueiras. Queimaram toda a mobília, salvo a que precisavam para uso próprio. Em seguida começaram a queimar a melhor madeira de Pierre Chaigne, carpinteiro, viúvo. Grandes pedaços de carvalho envelhecido, derrubado por seu pai há vinte anos, peças escolhidas de olmo e de freixo, tudo consumido pelo fogo. Para aumentar o sofrimento e humilhação de Pierre Chaigne, obrigaram-no a fazer lenha da madeira. Quando os dragões observaram que essa lenha fina queimava mais devagar do que esperavam, mandaram Pierre Chaigne e seus filhos fazer uma grande fogueira ao lado do barracão, e disseram-lhes para manter o fogo aceso até acabar toda a madeira de Pierre Chaigne.

Enquanto Pierre Chaigne permanecia a olhar o monte de cinzas, que era tudo que sobrara de seu futuro como carpinteiro, o oficial lhe disse: – A ajuda de Deus está mais próxima que a porta. – Pierre Chaigne não entendeu essas palavras.

Depois os soldados pegaram todas as ferramentas de Pierre Chaigne e de seu filho Henri, e venderam-nas aos adeptos da religião do rei. De início, Pierre Chaigne sentiu um alívio em sua dor, pois tendo-o privado de sua madeira, não lhe infligiam mais dano os soldados, privando-o das ferramentas; e além do mais, a venda de todos os seus finos implementos poderia até render dinheiro suficiente para pagar o censo e fazer com que os soldados fossem embora. Entretanto, os dragões não venderam as ferramentas de Pierre Chaigne por seu valor real, mas por tão baixo preço que ninguém podia resistir a comprá-las, guardando depois o dinheiro para eles mesmos. François Danjon, moleiro, viúvo, membro da religião do rei, que comprara várias das ferramentas, devolveu-as a Pierre Chaigne sob abrigo da escuridão. Pierre Chaigne embrulhou-as em panos oleados e enterrou-as na floresta à espera de dias melhores.

Foi nessa época que um mascate, de dezenove anos de idade, ao passar a pé pela cidade na direção de Cherveux, foi capturado por vários dragões e interrogado. Tinha o sotaque suspeito do sul. Depois de apanhar, confessou ser membro secreto do culto; depois de apanhar ainda mais, reconheceu seu desejo de renegar sua fé. Foi levado à presença do padre, que o absolveu, copiando seu nome no registro dos abjurados. O mascate fez uma marca ao lado de seu nome, e dois dos dragões, orgulhosos de seu zelo e confiantes de que seriam recompensados, assinaram como testemunhas. Mandaram o mascate prosseguir viagem sem seus artigos. Henri Chaigne, de quinze anos de idade, assistiu à surra, aplicada em praça pública; e quando a vítima foi carregada até a igreja, um dragão que ele nunca vira antes disse-lhe na rude língua do norte: – Que importa a estrada, desde que leve ao Paraíso? No início as conversões aconteceram sem demora entre os velhos, os fracos, os solitários, e as crianças convincentemente enganadas por exibições vistosas. Mas depois de algumas semanas a quantidade de retratações diminuiu. Esta era a rotina, e também já se sabia que os dragões muitas vezes se entregavam a excessos para que as conversões continuassem.

Quando o censo foi anunciado, houve aqueles que procuraram fugir, tendo ouvido dizer que era possível alcançar St. Nazaire e descobrir a terra prometida noutra parte. Duas famílias haviam deixado assim a aldeia, sendo que logo depois o intendente mandara os membros do culto destruir pelo fogo as casas que elas abandonaram; o censo que recairia sobre elas foi dividido entre a comunidade de hereges, e seus impostos tornaram-se ainda maiores, à medida que diminuíam seus meios de pagamento. Isso trouxe algum desespero; mas outros, que nada mais possuíam, mais determinados se tornaram em não perder a fé por cuja conta já haviam tudo perdido. Assim, os missionários de botas encontraram mais resistência à medida que sua tarefa prosseguia. Isso também era sabido e esperado.

Não muito tempo depois das ferramentas de Pierre Chaigne terem sido vendidas, Anne Rouget, a irmã de sua mãe, ficou doente e tornou-se o primeiro membro da família a abjurar a fé. Quando os dragões viram que ela estava enferma e febril, cederam-lhe a cama e dormiram no chão. Essa galanteria fora proposital, pois tão logo se achava deitada na cama, os soldados declararam estar ela à morte e chamaram o padre da religião do rei. Fora estabelecido por decreto real que quando um herege agonizava, o padre tinha o direito de visitar o leito de morte e oferecer ao sofredor a oportunidade de voltar à Santa Madre Igreja antes do falecimento. Essa visita, que a família era proibida de impedir, deveria ocorrer na presença de um magistrado; e ao padre era vedado usar de coação para obter uma conversão. No entanto, estes termos e pré-requisitos nem sempre eram rigorosamente obedecidos. O magistrado encontrando-se ocupado noutra parte, o padre foi acompanhado até dentro da casa dos Chaigne pelo oficial dos dragões. A família foi expulsa para o calor do dia, dois dragões guardavam a porta, e, no final de seis horas, Anne Rouget fora recebida de volta à Igreja, no seio da qual

passara os primeiros trinta anos de sua vida. O padre partiu satisfeito, e naquela noite os soldados reivindicaram a cama e devolveram Anne Rouget ao chão.
— Por quê? — perguntou Pierre Chaigne.
— Deixe-me em paz — respondeu Anne Rouget.
— Por quê?
— Uma ou outra é verdadeira.

Ela não falou mais nada além disso, e morreu dois dias depois, embora se devido à sua febre, seu desespero ou sua apostasia, Pierre Chaigne fosse incapaz de dizer.

O garoto Daniel, de nove anos, foi o próximo a renegar. Foi levado à igreja da religião do rei, onde explicaram-lhe que Anne Rouget, que fora uma mãe para ele, esperava-o no céu, e que ele com certeza a reveria, se não escolhesse aferrar-se à heresia e queimar no inferno. A seguir mostram-lhe belas vestes e o relicário de ouro que continha o dedo mínimo de São Bonifácio; ele cheirou o incenso e examinou os monstros esculpidos entre os bancos do coro — monstros que ele com certeza encontraria pessoalmente se escolhesse de sua livre vontade queimar no inferno. E no domingo seguinte, durante a missa, Daniel Chaigne renegou em público o culto de seu templo. Sua conversão foi recebida com uma grande e impressionante solenidade, e depois ele foi bastante mimado pelas mulheres da religião do rei. No domingo seguinte, Pierre Chaigne e seu filho mais velho tentaram impedir que os dragões levassem Daniel Chaigne à missa; foram espancados e o menino levado assim mesmo. Não voltou, e Pierre Chaigne foi informado pelo padre de que ele fora colocado fora do alcance da traição, no Colégio dos Jesuítas, do outro lado da Montagne Noire, e que sua educação ali correria à custa da família, até o momento em que ela escolhesse repudiar sua heresia.

Agora somente os obstinados permaneciam entre os hereges. Foi nesse momento que o intendente nomeou coletor do censo o mais importante proprietário agrícola protestante da região, Pierre Allonneau, *sieur* de Beaulieu, *fermier* de Coutaud. Tornou-se seu encargo legal pagar imediatamente os impostos acumulados por todos os membros do culto desde que fora proclamado o censo. Isto ele foi incapaz de fazer; mas, reduzido de uma só vez à miséria, não pôde mais ajudar em segredo os obstinados.

Os três dragões já estavam há dois meses na casa dos Chaigne. Todas as galinhas e ambos os porcos já haviam sido comidos; quase toda a mobília fora queimada, exceto pouca coisa; o madeirame de Pierre Chaigne fora consumido, salvo uma grosseira pilha de lenha sem valor nos fundos de seu barracão. Outras pessoas na aldeia, que poderiam ter sustentado a família, encontravam-se agora igualmente destituídas. Todo dia Pierre Chaigne e seu filho Henri eram obrigados a atravessar a floresta e os campos para obter comida. Dois dos soldados os acompanhavam, deixando o oficial para guardar Marthe. Era difícil encontrar bastante comida para satisfazer seis bocas, e os dois dragões não ofereciam ajuda na caça a algum coelho ou na busca de cogumelos. Quando não havia comida bastante para que os soldados comessem até arrotar, a família Chaigne passava fome.

Foi de volta de uma dessas expedições cotidianas que Pierre Chaigne e Henri Chaigne descobriram que o oficial levara Marthe Chaigne, treze anos, para a cama dele. Essa imagem provocou muita ira e desespero em Pierre Chaigne; somente sua religião impediu-o de buscar, naquela mesma noite, a morte do oficial.

No dia seguinte, o oficial resolveu acompanhar os dois hereges em busca de comida, e um dos soldados rasos ficou para guardar Marthe. O soldado também levou-a para sua cama. Nenhuma explicação foi oferecida, e nenhuma era necessária. Marthe Chaigne recusou-se a falar com seu pai ou seu irmão a respeito do que fora feito.

Depois de nove dias vendo sua irmã ser usada como uma puta, Henri Chaigne renegou sua fé. Mas este gesto não impediu os dragões de continuarem a usar sua irmã como puta. Em conseqüência, durante a celebração da missa no domingo seguinte, Henri Chaigne cuspiu de sua boca a hóstia e o vinho consagrados que recebera do padre. Por esta blasfêmia contra o corpo e o sangue de Nosso Senhor, Henri Chaigne foi devidamente julgado pelo tribunal do bispo, condenado à morte e entregue aos soldados, que o queimaram na fogueira.

Depois os soldados separaram Pierre Chaigne de sua filha, não permitindo que se falassem. Marthe tomava conta da casa e trabalhava como puta para os dragões; seu pai caçava para os alimentar e juntava lenha na floresta, já que o ar do outono estava ficando frio.

Pierre Chaigne, que sofrera tanto, estava resolvido a resistir à apostasia, mesmo até a morte. Sua filha tinha igual certeza de sua fé, e sofria sua provação cotidiana com a fortaleza de um mártir.

Uma manhã, depois que o oficial a levara para sua cama, mas tratara-a com menos grosseria do que de costume, ela teve uma surpresa brutal. O oficial costumava falar com ela na linguagem rude do norte enquanto a utilizava como puta, gritando palavras e em seguida murmurando baixinho. Ela se acostumara, e isso às vezes ajudava-a a agüentar o sofrimento com mais facilidade, já que ela podia imaginar que o homem que falava essas palavras do norte era ele mesmo tão distante quanto o norte.

Agora, quando ainda permanecia ao lado dela, ele disse:

— Você é corajosa, menina.

Ela levou um instante para perceber que ele falara sua própria língua. Ele se apoiou num cotovelo e afastou-se dela.

— Admiro esse procedimento — prosseguiu, ainda na língua dela — e por isso quero te poupar mais sofrimento.

— Você fala nossa língua.

— Sim.

— Então compreendeu o que falamos em casa desde que chegou?

— Sim.

— E os outros também?

— Já estamos há muitos anos em seu país.

Marthe Chaigne ficou calada. Lembrou-se do que seu irmão Henri falara abertamente dos dragões, e sobre o padre da religião do rei. Seu pai revelara onde o culto seria celebrado, pouco desconfiando das conseqüências. Ela mesma dissera palavras de ódio.

— E porque desejo te poupar sofrimento — continuou o oficial —, explicarei o que acontecerá.

O que poderia acontecer? Mais sofrimento desse tipo. Pior. Tortura. Morte. Sem dúvida. Mas depois o paraíso, com certeza.

— O que acontecerá é que você ficará prenha. E então nós testemunharemos que seu pai usou-a como uma puta na nossa frente. E vocês serão levados a um tribunal, seu pai e você, e ali condenados. Vocês serão mortos na fogueira, você e seu pai, além da criança que você carrega, fruto incestuoso dessa união.

O soldado fez uma pausa, permitindo à menina compreender plenamente o que ele dissera.

— Você renegará. Você renegará e assim salvará a vida de seu pai.

— Meu pai prefere morrer.

— Seu pai não tem escolha. Só você tem a escolha de deixar seu pai morrer ou não. Por isso você renegará.

Marthe Chaigne permanecia imóvel na cama. O soldado levantou-se, ajeitou suas roupas e sentou-se à mesa, à espera de que ela concordasse. Ele tinha bastante experiência de sua profissão para não acrescentar palavras vãs.

Finalmente a menina disse:

— De onde vem você?

O soldado riu diante do inesperado da pergunta.

— Do norte.

— De onde? *De onde?*

— Um país chamado Irlanda.

— Onde fica isso?

— Além do mar. Perto da Inglaterra.

— Onde é isso?

— Além do mar, também. No norte.

A menina na cama permaneceu com a cabeça virada contra o soldado.

— E por que veio de tão longe para perseguir a gente?

— Vocês são hereges. Sua heresia põe em perigo a Santa Madre Igreja. Todos, em todos os lugares, têm o dever de defendê-la.

— Trinta moedas de prata.

O oficial parecia próximo de encolerizar-se, mas guardava na cabeça o objetivo do dia.

— Se não ouviu falar da Inglaterra então não ouviu falar de Cromwell.

— Quem é ele?

— Agora está morto.

— É seu rei? Foi ele quem recrutou-o para vir aqui e nos perseguir.

— Não. Pelo contrário. — O soldado começou a lembrar de coisas que era melhor não lembrar, coisas que haviam determinado sua vida para sempre, há muitos anos atrás; a infância, suas imagens e seus terríveis sons, as vozes ásperas da Inglaterra. — Sim, suponho que sim. Ele me recrutou, pode-se dizer.

— Então rogo uma praga em seu nome e de toda sua família.

O oficial deu um suspiro. Onde poderia começar? Havia tanta coisa para esclarecer, e ele agora estava velho, passado dos quarenta. A criança não sabia sequer onde ficava a Inglaterra. Onde poderia ele começar?

— Sim — disse, cansado, o oficial. — Você roga praga em seu nome. Eu também rogo uma praga em seu nome. Ambos rogamos praga. E no domingo você renegará.

Naquele domingo, enquanto o incenso fazia arder suas narinas e seus olhos eram tomados de assalto pelas cores libertinas da religião do rei, Marthe Chaigne, de treze anos de idade, com o coração pesado pela dor que causava a seu pai e por saber que jamais ser-lhe-ia permitido explicar-se, abjurou sua fé. Ela fez uma marca no registro ao lado de seu nome, e o oficial dos dragões assinou como testemunha. Depois de ter firmado, levantou os olhos para o padre e disse, em sua própria língua:

— Que importa o caminho, desde que leve ao paraíso?

Marthe Chaigne foi levada naquele dia à Union Chrétienne do outro lado da Montagne Noire, onde seria educada pelas boas irmãs. O custo de sua educação seria acrescentado ao censo devido por Pierre Chaigne.

Na semana seguinte, os dragões abandonaram a aldeia. Os hereges haviam sido reeducados num total de cento e sessenta e seis a cento e sessenta e oito. Havia sempre os teimosos, mas a experiência demonstrara que, quando eles eram muito inferiorizados em número, exerciam pouca influência e terminavam suas vidas na amargura e no desespero. Os dragões iam rumo ao sul, começar seu trabalho em outro lugar.

Os oito obstinados herdaram o gravame do censo daqueles que haviam se convertido, além do custo de educar seus próprios filhos como católicos, e com inúmeros impostos adicionais. Eram por decreto proibidos de exercer o próprio ofício ou de alugar sua força de trabalho para membros da religião do rei. Também eram proibidos de abandonar suas casas e buscar a terra prometida noutra parte.

Duas noites depois que os dragões partiram, Pierre Chaigne, carpinteiro, viúvo, voltou ao seu barracão de trabalho, pegou a lanterna que fizera e tirou seus painéis de vidro. Na pilha de lenha descartada, que chegava a ser desprezível demais para ser queimada pelos soldados, ele descobriu os três finos oblongos de faia. Empurrou-os delicadamente nas calhas pegajosas de gordura de carneiro. Em seguida, acendeu a vela e recolocou a chapeleta. Por falta de três quartos de seu vidro, o instrumento não iluminava universalmente. Mas fornecia uma luz mais brilhante e mais pura, na direção em que era apontada. Pierre Chaigne, carpinteiro, viúvo, seguiria aquela luz até o final de sua jornada. Caminhou até a porta de seu barracão, levantou o trinco e partiu na noite fria. O feixe de luz amarelo de sua lamparina avançava trêmulo em direção à floresta, onde os demais obstinados o esperavam para que se juntasse a eles em suas orações.

BRAMBILLA

Vou contar como aprendi a descer. O sr. Douglas, naquela época, vivia me dizendo que eu montava como um carteiro. Ele tinha essa velha bicicleta, além de sua bicicleta de corrida, guidom alto, uma cestinha de compras na frente; às vezes, ele a usava quando saíamos. Eu achava que ele só fazia isso para me diminuir, mas era um sujeito esperto, que me mostrava até onde eu devia ir. Quero dizer, ele não podia me acompanhar o dia inteiro, mas fazia isso durante certo tempo, e aí me mandava subir os morros sozinho. Morro acima, morro abaixo, a história de minha vida.

Então um dia achei que o treino já havia acabado e ele começou a me rebocar para cima do monte Moran. Só pedalava, sem parar, boca fechada, mantendo o ritmo, comigo atrás. Nós já estávamos na estrada há sete, oito horas, e o sol ficando alaranjado por cima da planície, e eu realmente não conseguia entender a finalidade daquilo, porque ele não estava me incomodando, eu estava sentado em cima de sua roda traseira sem problema nenhum. A gente já tinha subido aquela porção de voltas enormes e ele pára no acostamento, com a gente olhando para o sol, e diz: – Está certo, Andy, vou te ensinar a descer. – E esse é o pedaço que deu medo, ele tira aquela chavinha e desaparafusa seus blocos de freio, e os entrega para mim. – Tudo que precisa fazer é me acompanhar – sentencia ele –, e as bebidas serão por minha conta. – Aí, ele parte enquanto estou guardando seus blocos, e tive de segui-lo, e de início pensei: bem, se ele não está usando os freios, eu também não usarei, só que na segunda ou terceira curva eu os apertei com toda força, e lá estava aquele velhotinho ventando em minha frente, usando apenas seu corpo para frear, erguendo-se no selim, em seguida agachando-se, usando todos os centímetros da estrada, e às vezes eu me inclinava como ele, sem freios, e soltava um grito, mas ele mantinha a boca fechada o tempo todo, o sr. Douglas.

Uma ou duas vezes consegui pegá-lo, mas sempre perdia-o nas curvas e *eu* estava me cagando de medo só de pensar na velha Raleigh sem freios. Podia perceber ao mesmo tempo que se conseguisse fazê-lo, se realmente conseguisse fazê-lo, seria como dar uma foda, ou algo parecido. A coisa mais excitante que existia. E a cada vez que subíamos o monte Moran, ele fazia a mesma coisa, só que falava que eu podia usar os freios seis vezes, e depois cinco, e depois quatro, e aí, no final, sem freios de todo. E eu seguia aquele adorável velho filho-da-mãe em sua bicicleta 'vovó' e ele sempre me vencia, mas cada vez por menos, a cada tentativa. Aí eu pagava as bebidas, e ele me ensinava como viver minha vida. Um dia, ele me contou a respeito de Brambilla. E foi assim que aprendi a descer.

Fugi de casa. Não, a verdade é que eu já fora embora, em minha cabeça, apesar de tudo. É claro que puseram a culpa em Andy, mas isso é ridículo. Andy foi o primeiro rapaz que sempre me trazia para casa na hora certa, às oito e meia. Ele disse desde o início que precisava estar na cama às nove horas, porque era às nove que Sean Kelly ia dormir. Você teria imaginado que eles gostariam disso, mas não. Meu pai achava que havia algo errado. Eu disse: Pai, é uma mudança do tempo em que você ficava me esperando até depois de meia-noite com uma espingarda na mão. Mas ele não achou engraçado. Não entendeu a moral da história.

Sim, eu suponho que tenha fugido com Andy aos olhos deles. Um dia ele me falou: Estou me mandando para pedalar pela França, viver disso, quer vir? Eu espantei-me, o quê? Ele disse, é só tirar os freios e *uuush*. Eu perguntei, *uuush*? E ele piscou o olho, e foi isso aí. Mas eu nunca ia ficar. Não é culpa do Andy eu não morar na rua com dois filhos, dor nas costas e passar a tarde numa loja, se tiver sorte. Eles não podiam compreender por que eu não queria ficar ouvindo as gaivotas sobre o campo aberto durante minha vida inteira. Se é isso que queriam para mim, não deviam ter me deixado freqüentar o balé. Lar, doce lar. Meu pai chegou a sugerir que eu tentasse o boliche, até que faria bem ao clube um sangue novo. Eu disse: Você quer dizer Drácula? Viviam perguntando o que eu e Andy tínhamos em comum. Eu disse, pernas, para início de conversa.

Sentamos no barco e olhamos pela grande escotilha nos fundos. Havia o bando de gaivotas de costume, mas eu tive, não sei como, essa idéia de que eram as mesmas do clube de boliche. Fiquei esperando que voltassem, mas não voltaram. É provável que também existissem outros motivos, mas comecei a chorar. O pobre Andy não sabia o que estava acontecendo. Eu disse: Já deveria bastar para elas a essa altura. Quando ele viu que eu estava séria, saiu para o convés e pude vê-lo praguejando e sacudindo os punhos contra as gaivotas. É claro que elas não deram a menor importância, mas foi muito gentil. Sequei as lágrimas e dei um beijo nele. Eu disse algo como quem é meu herói, e ele disse algo como sou durão, boneca. Ele está representando quando fala assim. Em grande parte. Aí nós dois tentamos ignorar o fato de as gaivotas ficarem nos acompanhando até Calais. Não voltaram nunca.

Eles nos respeitam, sabe? Os anglófonos, como nos chamam. Sabem que somos sujeitos duros, não viemos de tão longe para jogar a toalha. Ainda se lembram de Tom Simpson como se fosse ontem. Sabe que quando ele morreu no Ventoux foi no 13º dia do mês e na 13ª etapa da corrida? Faz a gente pensar, não é? Ele ainda é um herói lá, aquele que pagou o preço final. No dia seguinte, deixaram que Barry Hoban ocupasse o palco como sinal de respeito. Um inglês vencendo no *quatorze juillet*. Barry Hoban casou-se com a viúva de Tom Simpson, você sabia?

Sean Kelly, ele é o sujeito de ferro. Come pregos de manhã no café. Ouviu falar de Sean Kelly no Tour da Espanha? Ele tinha... tem um nome médico para isso, mas me esqueci, mas no fundo é um cabelo que nasce para dentro em sua bunda. Costumavam ter isso na guerra, chamavam de "bunda de jipe", pegavam isso porque andavam o dia inteiro sentados nos assentos duros de um jipe. É a coisa mais dolorosa que existe, e é só, sabe, um dos cabelos em sua bunda que decidiu crescer para dentro, em lugar de crescer para fora. É só isso, mas cresce um furúnculo em você que dói pra caramba, e a pior coisa que se pode fazer quando a gente está com isso, é andar de bicicleta. Você precisa de uma cirurgia e ficar depois algumas semanas sentado num banho de água salgada. Bem, Sean Kelly estava numa boa posição no Tour da Espanha e, evidentemente, não queria nenhuma confusão. Se ele fosse ao médico do Tour seria dispensado da corrida. Então ele chama um cirurgião local, ou médico, ou talvez um veterinário em seu quarto de hotel e diz: "Vá em frente, pode fazer." E o cara faz, costura a bunda dele e Sean Kelly continua no Tour da Espanha. É por isso que eles nos respeitam. Somos duros. Sean Kelly é um sujeito de ferro.

Estamos comendo junto com Betty e Jean-Luc. Betty é de Falmouth – ela estava no navio cruzeiro comigo. Na realidade, foi ela que me arranjou o emprego aqui: o teste, pelo menos. Era nosso dia de folga e saímos para jantar. Sempre comemos cedo por causa de Andy. Eu não digo nem mais que é jantar, digo que é *bife com salada às sete à moda de Sean*. Não que me seja permitido chamá-lo Sean. Andy sempre fala o nome por extenso, como se fosse o nome de um santo ou algo parecido. É Sean Kelly isso, Sean Kelly aquilo, e eu faço o mesmo. Na maioria das vezes. Então, Andy estava contando como os ciclistas se preparam para a corrida, e contou uma história sobre uma entrevista coletiva em que alguém perguntou a Sean Kelly como ele se arrumava... sabe o quê. Quero dizer, é evidente que não fazem durante uma corrida, mas será que param com antecedência para conservar sua energia? Se eu fosse Sean Kelly teria enrolado uma bomba de bicicleta em volta da cabeça do sujeito, mas ele não fez isso. Apenas respondeu à pergunta. Disse que seu método era se abster por uma semana antes de uma grande corrida de um dia, e por seis semanas antes de um grande tour. No que um cara na platéia disse em voz alta: – Segundo meus cálculos, isso faz com que Linda ainda seja virgem. – Linda é a mulher de Sean Kelly. Não é de morrer? Betty e Jean-Luc estavam olhando para mim como se quisessem dizer, é assim com você também? Eu não sabia onde enfiar a cara. A maioria dos homens que conheci estaria contando vantagem de fazer mais vezes do que a gente fazia. Mas lá estava Andy fazendo quase o contrário. Tentei explicar depois, mas ele disse que eu era suscetível demais. Ele achou que era apenas um caso engraçado.

Tenho medo de não conseguir voltar para casa. Nesses primeiros seis dias tenho arrancado o couro de tanto trabalhar. Estou na melhor forma de minha vida, e nunca senti tanto cansaço. Ontem avistamos os Pireneus na distância. Nem posso pensar a respeito deles. Não quero pensar a respeito deles. Cada dia são cinco, seis, sete horas no selim. Neste calor. E depois dos Pireneus, os Alpes. Terei de fazer uma visita ao *soigneur* para subir em alguns desses morros. Sei disso. Ele me dará alguma coisa. Melhor me dar.

Não é como na época em que comecei. Então todo mundo tinha sua pastinha, era como ir ao escritório. Cheia de material. Já experimentou essa aqui? Já tomou esse? Olha aqui um negócio que você precisa tomar com um pouco de antecedência, e assim por diante. Todo mundo precisando de um *uuush* ao mesmo tempo. Você só consegue um resultado de umas três horas com as bolinhas, então precisava tomá-las antes que começassem os grandes morros. Era uma palhaçada, todo mundo tomando-as ao mesmo tempo, em seguida aqueles pedaços todos de papel prateado sendo jogados fora como tampas de litros de leite ou algo parecido, e logo você sentia o ritmo esquentar, e todo mundo ria e gritava e *uuush*, todos nós subíamos o morro. Não é assim agora. Não tem tantas risadas. É, me arranje água, leve este recado, me dê sua roda, me faça recomeçar. Pensei que os primeiros dias fossem fáceis, talvez eles até me deixassem ir para a frente se me sentisse bem. Mas me senti exausto desde o Prólogo, essa é a verdade.

Já estamos pedalando através da porra desta planície há horas, só olhando-as. Nunca vi montanhas tão altas. Tenho medo. É morro abaixo, em seguida morro acima, não é? Essa é a verdade, assim é que é. Morro abaixo, em seguida morro acima. Tenho medo de não conseguir chegar em casa.

Normalmente não volto do clube antes das três, de modo que na hora que acordo, ele já está montado. É tão frustrante, ligo a televisão, mas as camisas me parecem todas parecidas e em seis dias acho que não vi uma imagem dele. Às vezes tenho quase certeza de localizá-lo, mas aí a televisão corta para uma imagem de um helicóptero e tudo que você consegue enxergar é aquela 'cobrona' de ciclistas atravessando uma aldeia. E quando chega a hora do dia dele terminar, o meu já começou. Andy também não é o maior remetente de cartões-postais do mundo. Compro *L'Equipe* e leio onde ele esteve, o que terá de enfrentar, e passo o dedo pela lista de classificação procurando seu nome. Ele está no momento na 152ª posição num total de 178.

Andy tem tendência a ficar repetindo como é duro correr de bicicleta. Eu lhe digo que provavelmente estou tão em forma quanto ele. Betty e eu fazemos seis noites dentre sete, treze espetáculos por semana. Ele come *bife com salada à la Sean Kelly* e já está na cama às nove, de modo que quando ele já está bem cobertinho, eu ainda tenho de fazer dois shows. Andy diz que correr de bicicleta é uma questão de caráter, como se outras coisas também não fossem. Monsieur Thalabert diz que ele nunca escolhe uma garota que não tenha personalidade, e é verdade. Temos todas personalidade, cada uma a seu modo. Quando quero alfinetar Andy digo que qualquer um pode andar de bicicleta. Querendo dizer que você não precisa ter 86 certinhos de busto e o resto proporcional. Não precisa ter um metro e setenta até o último centímetro. Nem precisa obedecer à regra de não poder mudar sua aparência de jeito nenhum sem permissão da gerência.

Existe uma porção de regras, mas elas são para a nossa própria proteção. Você não pode beber no recinto, não pode encontrar nenhum homem numa distância de duzentos metros a partir do clube, precisa manter o mesmo peso, precisa aparecer na hora, tirar férias quando eles te mandam, e assim por diante. É por isso que eles gostam de garotas inglesas. Temos boa disciplina, além de sermos bem conformadinhas. É claro que qualquer uma apanhada com drogas é mandada para casa na hora.

Às vezes acho estranho quando reflito a respeito. As garotas são todas muito prestativas, é como se fosse uma grande família, e considero o clube como minha casa. Mas eu fugi de casa porque minha mãe pegava meu ordenado e me dava mesada e papai cagava todas aquelas regras sobre até que horas eu podia sair de noite, até que altura eu podia usar meu vestido e com que tipo de garotos eu podia conviver, e onde. Agora Monsieur Thalabert põe nosso dinheiro na poupança e nos protege dos homens do tipo errado, enquanto Madame Yvonne preocupa-se com a gente como uma galinha com seus pintinhos. Cristine, esse vestido não, Cristine, cuidado com esse rapaz. E assim por diante. Mas não ligo nem um pouco. Suponho que seja a diferença entre o lar onde você cresceu e o lar de sua escolha.

Algumas pessoas se admiram de como você pode tirar suas roupas em público. Bem, não tenho vergonha daquilo que a natureza me deu. E não se trata exatamente de tirar as roupas, já que são muito poucas desde o início. Como diz a Betty, tudo tem sempre alguma coisa para cobri-lo, mesmo quando é apenas verniz de unha. Tudo está coberto com alguma coisa. Você provavelmente consegue enxergar tanto de Andy quando ele está em sua bicicleta, quanto de mim no palco. Minha vó veio até aqui sem contar para mamãe e papai. Ela realmente gostou do espetáculo. Ela disse que era de bom gosto e que tinha orgulho de mim.

Aquele ciclista, foi alguns anos atrás, ia passar pelo teste naquele dia. Devia ser de surpresa, mas, bem, naquela época não era como é hoje, venha aqui e enfie seu pau nesse tubo de ensaio, enquanto um sujeito num jaleco branco vigia você. Dava às vezes para descobrir antes, naquela mesma manhã, talvez, de modo que você sabia que tinha de ter mais cuidado com as balas que chupava. De qualquer maneira, esse ciclista sabe que será testado no final do dia e está cagando de medo. Andou abusando um pouco ultimamente, o cara da valise andou visitando-o muito. Então ele faz o seguinte. Manda sua namorada esperar na estrada num certo lugar, em algum ponto da floresta onde não tem muita gente. E então, quando o pelotão chega, ele diz que vai ficar para trás, dar uma mijada ou algo assim, talvez diga que viu sua namorada e vai dar um beijo nela. De qualquer modo, pára, e já pedira a ela para ter pronta uma amostra para ele, dela, sabe, numa sacola espaçosa, ou algo parecido, e ela entrega-a para ele, e ele dá um beijo nela e enfia a coisa debaixo da camisa dele. Assim, no final do dia eles pedem a ele uma amostra, ele pega o tubo e entra no banheiro, volta e entrega-o, fácil, fácil. Na manhã seguinte é chamado de novo pelos médicos, e fica surpreso porque sabe que seu teste estava limpo. Não consegue imaginar o que esperar. E sabe o que dizem para ele? – François – ou seja lá como for seu nome –, François, as boas notícias são que você está limpo. Agora as más são que você está grávido.

Outra história de Andy é sobre Linda e Sean Kelly esperando que Stephen Roche fizesse um teste de doping. Isso foi durante o Amstel Gold Classic de 1984. Em Meersten. Fica na Holanda. Sabe, já conheço todos os detalhes a essa altura. Então, enquanto estavam esperando, Linda ficou sentada em cima do carro deles, e quando se levantou deixou uma marca onde sua mão estivera. Sean Kelly, segundo Andy, é um sujeito muito sistemático. Tirou um lenço do bolso e limpou a marca. Não disse uma palavra, só limpou a marca. Linda disse algo para ele do tipo dá para ver quais são suas prioridades, primeiro o carro, em seguida a bicicleta e em terceiro a mulher. Sean Kelly olha para ela, totalmente sério, e sabe o que diz? Diz: – Primeiro, a bicicleta.

    Nós nos damos bastante bem. A pior briga que tivemos foi logo no começo. Eu estava procurando o nome dele nos jornais franceses e quando achei vi que o chamavam de "*un domestique*" Isso é "criado" em francês. E já que ele não parava com todo aquele papo macho de quanto os franceses realmente respeitavam os ciclistas ingleses porque eles eram tão duros, eu disse, então você é apenas um criado? Ele disse que era apenas seu segundo ano na equipe e que portanto era natural que fosse buscar os cantis dos outros, entregasse recados e cedesse sua roda, e às vezes a bicicleta toda, se alguém mais importante precisasse, se, por exemplo, furasse um pneu. Ele explicou que fazia parte de uma equipe, um por todos e todos por um. Achei que ele estava sendo meio pomposo, então em lugar de morder a língua, disse que parecia mais todos por um, e não tanto um por todos. Ele respondeu que porra sabia eu, só que deveria saber porque era exatamente igual a quando eu dançava, parte de uma equipe, e eu não devia me enganar pensando que todo mundo tinha vindo para me ver. Lembro exatamente o que ele falou em seguida. Que eu era apenas um pedacinho de uma cobertura de uma pizza, e que eu deveria lembrar disso da próxima vez que estivesse rebolando a xota, só que ele não disse xota. E que éramos da mesma laia. Só que ele não comentou isso de uma maneira simpática, como se fôssemos feitos um para o outro, os dois contra o mundo, tal como era quando começamos. Era mais como se eu não fosse melhor que uma sujeira qualquer na calçada e ele também. Tudo deu errado dentro de segundos. Sabe aquele sentimento? Sempre me faz pensar nas gaivotas. Elas nunca deram a volta e retornaram. Ele sacudiu os braços contra elas e praguejou mas elas não deram nenhuma importância. Seguiram a gente até aqui, o caminho todo.

Você pode imaginar como me senti terrivelmente mal. Ele ainda estava zangado, mas depois de algum tempo fomos para a cama e... bem, ele não tinha nenhuma corrida no futuro próximo. Só que assim nunca funciona bem, não é? Há sempre um pedacinho de você que fica pensando, eu sei por que estamos fazendo isso, e o mesmo vale para você. Depois ele disse, a gente nunca sabe quando vai perder uma roda de trás, não é? Você apenas sente-a escapulir e espera que a estrada te esfole todo. Ele não queria apenas se referir a mim. Queria se referir a todo mundo.

Quando Sean Kelly e Linda se casaram, adivinhe o que seus amigos fizeram? Sabe quando um soldado se casa, e eles ficam todos do lado de fora da igreja segurando espadas sobre o casal quando ele sai? Bem, os amigos de Sean Kelly seguraram duas bicicletas de corrida para fazer um arco, aí ele e Linda passaram por baixo dele. Não achou ótimo?

O padre que os casou fez um discurso, disse que o casamento era igual ao Tour de France, como passava por terrenos diferentes e diferentes estradas, e como às vezes era fácil avançar, e como às vezes era difícil, e assim por diante, esse tipo de coisa. E Sean Kelly se levanta e diz o seguinte: – Só uma coisinha sobre o sermão do padre Butler. Não acho que o casamento e o Tour de France sejam exatamente iguais. Se as coisas estiverem dando errado numa corrida de bicicleta, você pode simplesmente desmontar.

Só que isso também não é tão fácil. A gente tem um dia de descanso antes dos Pireneus. Não sei se é melhor ou pior. Todo mundo tem medo das montanhas altas. Sabe o que os ciclistas dizem a respeito das montanhas: elas te arrancam as roupas e te deixam pelado, isso é o que dizem. A subida, o ar rarefeito, as descidas malucas. Aqueles pássaros pairando no ar. Pássaros grandes, do tipo que come coelhos, por aí. Você precisa lembrar que todo mundo também está com medo. E você nunca se acostuma com aquilo, é o que eles dizem. Já ouviu falar de Alpe d'Huez? É nos Alpes. Havia um ciclista dos melhores que se borrava de medo daquele lugar, por isso um ano ele levou seu parceiro de treino e foi passar suas férias lá. Eles subiram a montanha vinte vezes até que ele perdeu o medo dela. Vinte vezes. No ano seguinte, quando o Tour chegou a Alpe d'Huez, ele não tinha mais medo. Foi um erro. A montanha o matou.

O vagão da vassoura, assim chamado, é a pior coisa. Ele te varre. Segue atrás com um cabo de vassoura preso no teto, simplesmente à espera de que você fracasse. Fica lá o tempo todo, perseguindo o último sujeito na estrada. Ele emparelhou comigo hoje. Quer entrar, quer ir para casa, foi um tombo feio que você levou, seus músculos devem estar doendo a essa altura, tem um belo assento macio aqui dentro. Varre, varre. É como se a porra de um tentador emparelhasse com você. Não precisa mais se preocupar, não precisa pedalar. Levante os pés. Tome o atalho para casa. Ninguém dá a volta em Le Grand Boucle da primeira vez, você já fez mais do que todo mundo esperava. Não se arrebente pelo resto da temporada. Vamos, entre. Varre, varre, vamos manter a estrada limpa e arrumada. Você não pode realmente ir buscar água para seu líder quando está vinte e cinco minutos atrás, pode? Não me venha com essa merda de orgulho. Ninguém está te culpando. Entre, ponha os pés para cima, tem bastante lugar sobrando. Varre, varre. Olhe só para aquelas montanhas. Elas te tiram a roupa e te deixam pelado.

Bem no início, Andy me contou outro caso. Ele estava tentando me provar como todo mundo era durão. Vim a odiar essa palavra, sabe? Então São Sean Kelly tinha algo errado na bunda. Não lembro dos detalhes, só que é claro que era uma coisa muito mais dolorosa do que qualquer mulher poderia imaginar. Ele foi tratado, mas a dor continuou tão insuportável quanto antes, mas ele continuou a pedalar de qualquer maneira. Não era na França, por algum motivo me lembro disso. Aliás, quando Andy acabou de contar a história, percebi que era para me deixar impressionada, mas parecia... não exatamente boba, mas digamos que não me deixou de boca aberta. Então eu indaguei, o que aconteceu? Andy retrucou, o que você quer dizer com o que aconteceu? Eu disse, então Sean Kelly ganhou a corrida? Andy falou, não, e eu comentei, então não valeu a pena, não foi? E pude perceber que ele estava ficando zangado. Ele anuiu, está bem, vou te contar o que aconteceu, já que está tão interessada. O que aconteceu é que ele continuou na corrida, e um dia ou dois depois seus pontos arrebentaram quando ele estava no selim, seus calções ficaram encharcados de sangue e ele teve de desistir, agora compreende por que o admiro tanto? Bem, eu disse sim, mas não tenho certeza se não queria dizer não.

O sr. Douglas me contou a respeito de Brambilla. O nome não vai significar nada para você, a não ser que você seja um de nós. Ele era italiano. Há muito tempo. Perdeu o Tour exatamente no último dia, que é algo que não acontece com freqüência. Não foi por isso que o sr. Douglas me falou a respeito dele. Era um verdadeiro profissional. Um sujeito durão. Quando achava que estava indo mal, costumava se dar tapas na cara e se bater com a bomba e se proibir de beber água, mesmo quando ainda tinha alguma de sobra. Tipo durão. Você também precisa ser um pouco maluco para fazer o que fazemos. De qualquer maneira, ele era um ciclista conhecido, e tivera uma boa carreira, e estava ficando meio cansado. E um dia seus amigos foram visitá-lo, e o acharam nos fundos de seu jardim. Estava cavando uma espécie de buraco, bem mais parecido com uma trincheira estreita, mas realmente funda. E sabe o que estava fazendo? Estava enterrando sua bicicleta. Enterrando-a em pé, tal como ele montava nela. E seus amigos perguntaram a ele o que estava aprontando. E Brambilla contou a eles o que estava fazendo. Estava enterrando sua bicicleta porque, em sua opinião, ele não era mais digno de andar nela. O sr. Douglas disse que eu nunca deveria esquecer esse caso, e não esqueci.

HERMITAGE

VIRAM-NO DO vapor de Pauillac, sua fachada coberta de pequenas marcas, ainda um quarto iluminada pelo primeiro sol da tarde. Haviam embarcado em Bordeaux, perto da Place des Quinconces, às onze, tomando seus lugares nos assentos de junco sob um toldo listrado. A coberta de proa, logo abaixo delas, estava apinhada de passageiros da terceira classe, levando animais, irradiando energia e fazendo barulho. Florence sentia-se debilitada por aquele espetáculo de vivacidade trivial, que o calor não conseguia abafar; no entanto, Emily parecia alimentar-se dele.

— Olha só aquele sujeito, Florence. Não está apenas conversando. Ele... faz sua conversa *dançar*.

— Suponho que esteja dizendo algo muito mundano.

— Se for verdade — redargüiu Emily, impávida —, se for verdade, então seus modos transcendem o mundano. — Tirou seu bloco de desenho e começou a desenhar o sujeito saltitante, de nariz pontiagudo, cabeça descoberta, camisa azul, cachimbo curto e mãos fluentes.

— Eu gostaria de descobrir tanta transcendência quanto você, querida Emily. Parece envolvê-la de todos os lugares. Agora você está tornando o sujeito ainda mais transcendente, transformando-o em arte.

— Não vai roubar meu bom humor. E além do mais, todos nós acreditamos na transcendência. Apenas disfarçamos a coisa, chamando-a aperfeiçoamento prático.

Ficaram sentadas em silêncio, duas inglesas na casa dos trinta, cada uma delas com seu chapéu de marinheiro e sapatos marrons, enquanto o vapor navegava entre uma floresta hibernal de mastros de navios. Os apitos eram aqui os mais altos gorjeios. Um rebocador chamado *Ercule* revolvia a espuma no rio *café au lait*; barcas menores deslizavam por suas proas como aranhas d'água.

Há três semanas que viajavam, e encontravam-se no ponto mais meridional de sua viagem. Em breve, como todo ano, estariam voltando para suas diferentes aldeias em Essex, para os ventos dos Urais e a conversa gélida dos plantadores de nabos. É evidente que aqueles palermas que vinham jantar plantavam outras coisas, mas era assim que em suas conversas íntimas Florence e Emily invariavelmente se referiam a eles.

— Nunca vou me casar — afirmou de repente Florence. Deu a entender tratar-se de uma situação de fato, nada triste.

— De qualquer maneira — respondeu sua amiga, continuando ou talvez reproduzindo o pensamento dela —, é bem sabido que um plantador de nabos está além de qualquer transcendência possível.

O pequeno vapor ziguezagueava entre uma margem e outra, apanhando e desembarcando negociantes e camponeses, animais e padres. Depois de receber o Dordogne, o Garonne tornava-se o Gironde. O vento enfunava o vestido de Emily, até que ela o abaixou com um mapa todo marcado com os *châteaux* do Médoc. Ela colocou um pequeno binóculo por cima dos óculos e adotou uma ligeira corcunda de erudito, típica de sua companheira de viagem. Diante de Beychevelle, Emily explicou que o *château* já pertencera a um almirante, e que já houve tempo em que toda embarcação que passasse por ali no rio era obrigada a arriar a vela, ou *baisser la voile*, em homenagem, e que a corruptela daquela frase resultara no nome atual.

— Bastante imaginoso — comentou alegremente Florence.

Emily indicou Margaux e Ducru-Beaucaillou, Léoville-las-Cases e Latour, acrescentando adendos tipo Baedeker a cada nome. Depois de Latour, o barco navegou perto da margem enquanto se dirigia rio acima até Pauillac. Os renques dos vinhedos passavam diante deles como veludo cotelê verde. Surgiu à vista um embarcadouro quebrado, seguido de uma extensão de veludo meio manchado de preto. Em seguida, um pouco mais para cima, uma fachada simples que o sol tornava parecida com porcelana, com um breve terraço que ocultava pela metade as janelas do térreo. Depois de um empurrãozinho no foco, Emily descobriu que faltavam vários balaústres da amurada do terraço, sendo que outros estavam bastante tortos. Florence pegou o binóculo. A fachada tinha vários grande buracos, havia algumas vidraças quebradas nas janelas de cima, enquanto o telhado parecia ter sido entregue a experiências agrícolas.

— Não é exatamente o nosso recanto — comentou ela.

— Então, vamos visitá-lo amanhã?

Esse provocante passatempo evoluíra no decorrer dos últimos dois anos de suas excursões à França. Olhares errantes propunham uma vida diferente: numa sede de fazenda de madeira na Normandia, num *manoir* elegante na Borgonha, num *château* num remanso do Berry. Por último, surgira uma nova seriedade de intento, que nenhuma das mulheres ousava admitir. Então Florence anunciava que o recanto delas deixara mais uma vez de ser encontrado, e logo depois elas iam visitá-lo.

O Châteaux Dauprat-Bages não fora arrolado na grande Classificação de 1855. Era um modesto *cru bourgeois*, 16 hectares plantados com cabernet sauvignon, merlot e petit verdot. Durante a última década, a filoxera empretecera seu veludo cotelê verde, e algum replantio hesitante fora iniciado pelas mãos de seu empobrecido e debilitado proprietário. Há três anos ele morrera, deixando tudo para um jovem sobrinho em Paris, que preferia de modo esnobe o Borgonha e procurou descartar-se o mais rápido possível do Château Dauprat-Bages. Mas nenhuma propriedade vizinha podia ser persuadida a comprar os vinhedos praguejados; o *régisseur* e o *homme d'affaires* vinham, portanto, lutando com um trabalho irregular, produzindo um vinho que até eles admitiam ter se rebaixado à categoria de um *cru artisan*.

Quando Florence e Emily voltaram para sua segunda visita, Monsieur Lambert, o *homme d'affaires*, um homem baixo, de terno preto, boné de feltro e bigode pontudo, de modos tão meticulosos quanto autoritários, virou-se de repente para Emily, que ele julgava ser a mais nova, e por isso a mais perigosa das duas, e perguntou:

— *Êtes-vous Américaniste?*

Sem compreendê-lo bem, ela respondeu:

— *Anglaise.*

— *Américaniste* — reiterou ele.

— *Non* — respondeu ela, e ele resmungou sua aprovação. Ela sentiu que passara em algum teste sem que lhe dissessem que teste era esse.

Na manhã seguinte, debruçada sobre um café da manhã de

ostras e salsichas quentes no Hôtel d'Angleterre em Pauillac, Florence falou, sonhadora:

— Não se pode dizer que eles tenham paisagens aqui. É mais como contornos.

— Então parece que não haverá muita mudança em relação a Essex.

Ambas contemplavam a sedução que transformava o *talvez* e *possivelmente* no *é* e no *será*. Já fazia agora cinco verões que viajavam juntas pela França. Nos hotéis, dividiam a mesma cama; nas refeições, permitiam-se vinho; depois do jantar, Florence fumava um único cigarro. Cada ano representava uma estonteante fuga, tanto uma justificativa de suas vidas entre os plantadores de nabo, quanto sua negação. Suas excursões no meio dos franceses haviam sido até então lépidos namoricos. Emily sentia agora como se algo — não o destino, mas o esquema menos imponente que dirigia as suas vidas — estivesse pagando para ver o seu blefe.

— Contudo, o dinheiro é seu — asseverou ela, admitindo que as coisas tinham se tornado muito sérias mesmo.

— O dinheiro era de meu pai e não terei filhos.

Florence, a maior e ligeiramente mais velha das duas, tinha uma maneira indireta de anunciar decisões. Era morena e forte, com um enganoso e simplório jeito de bancar a desanimada. Na realidade, ela era ao mesmo tempo mais capaz e bondosa do que demonstrava ser, a despeito de uma dócil preferência apenas pelos aspectos mais gerais de qualquer projeto. Podia-se sempre depender de Emily para cuidar dos detalhes; Emily, esguia, loura, limpa e meticulosa, espreitando pelos óculos de aros de ouro o livro de anotações, bloco de desenho, horário, jornal, menu, Baedeker, mapa, passagem e a letra miúda de documentos oficiais; Emily, temerosa, porém otimista, que agora dizia espantada:

— Mas nós não conhecemos nada sobre a fabricação do vinho.

— Não somos candidatas ao emprego de *vendangeuses* — respondeu Florence, com uma altivez displicente, que não consistia totalmente num autodeboche. — Papai não sabia direito como a serraria funcionava, porém sabia que cavalheiros pedem uma mesa. Além do mais, tenho certeza de que você estudará o assunto. Não pode ser mais complicado do que... as catedrais. — Ela lançou isso na qualidade de exemplo recente, já que segundo seu ponto de vista, haviam desperdiçado tempo demais debaixo da estátua de Bertrand de Goth, arcebispo de Bordeaux e mais tarde papa Clemente V, enquanto Emily expunha tudo sobre as arcadas romanescas do século XII da nave, e sobre um coro com bancos duplos de um outro – sem dúvida, mais remoto – século.

O sobrinho borgonhês aceitou a oferta de Florence, e ela vendeu sua casa em Essex: Emily informou seu irmão Lionel, o advogado, que ele teria de arranjar outra governanta (uma novidade que ela vinha há muito tempo querendo anunciar). Na primavera de 1890, as duas mulheres transplantaram-se de maneira irrevogável para a França, não levando com elas nenhuma lembrança específica da Inglaterra, a não ser o grande relógio de pêndulo que marcara todas as horas da infância de Florence. Quando o trem partiu da plataforma de Austerlitz na Gare d'Orléans, Emily abriu mão de uma derradeira ansiedade.

– Não vai ficar entediada? Quero dizer, na minha companhia. Isto não é apenas uma excursão.

– Resolvi que o *château* terá seu nome – respondeu Florence. – Sempre achei Dauprat-Bages muito pouco romântico. – E recolocou o alfinete em seu chapéu, como se para espantar quaisquer protestos. – Quanto aos plantadores de nabos, não acho que a memória deles há de se apagar tão rápido assim. Que dançarinos! Os palermas mal reparavam quando pisavam na gente!

Mme. Florence e Mme. Emily reempregaram M. Lambert como *homme d'affaires* e M. Collet como *régisseur*, em melhores condições. M. Lambert arranjou-lhes então uma governanta, três trabalhadores rurais, uma empregada e um jardineiro. O mato foi retirado do telhado, os balaústres consertados, a fachada cheia de buracos remendada, e o embarcadouro reconstruído. Florence ocupava-se da casa e dirigia o recém-plantado *potager*; Emily administrava as relações com o vinhedo. A comunidade de Dauprat acolheu bem as duas mulheres: traziam emprego, e queriam tornar próspero um vinhedo decadente. Ninguém reclamou quando o Château Dauprat-Bages tornou-se Château Haut Railly. *Les Anglaises* podiam não ter religião, mas recebiam o cura para tomar chá a cada novembro, e assistiam solenemente à sua bênção anual das videiras em abril. Quaisquer excentricidades que se fizessem notar, poderiam de bom grado ser atribuídas à pobre existência que elas antes deviam levar naquela distante ilha, em cujo clima frio nem sequer florescia a vinha alsaciana. Era de se notar, por exemplo, que elas eram grandes aficionadas pela economia doméstica. Uma ave assada poderia durar uma semana; barbante e sabão eram usados até o último centímetro; as mulheres economizavam roupa de cama, dividindo a cama.

No final de setembro, um bando de afáveis rufiões chegou para a *vendange*, ganhavam enormes jantares e podiam beber o quanto quisessem do *petit vin* do ano passado. Florence e Emily ficaram espantadas de não haver embriaguez como seqüela. Também ficaram espantadas ao ver homens e mulheres trabalhando lado a lado em harmonia nos vinhedos. M. Lambert explicou que as mulheres ganhavam menos em virtude de falarem mais. E com umas poucas sacudidas matreiras de cabeça, passou a descrever uma estranha tradição local. Era terminantemente proibido a qualquer *vendangeur* comer as uvas que colhiam, e no final de cada manhã as mulheres eram obrigadas a estender as línguas para serem examinadas. Se o resultado fosse roxo, então o administrador teria direito a um beijo, como castigo. Florence e Emily guardaram com seus botões a opinião de que isso era meio primitivo, enquanto o *homme d'affaires* concluía com uma piscadela beirando a inconveniência: – É claro que elas às vezes comem de propósito.

Quando a primeira vindima se encontrava armazenada em segurança, seguiu-se o *bal des vendangeurs*. Foram espalhadas mesas de cavaletes no pátio, e nessa ocasião os efeitos do álcool tornaram-se mais evidentes. Dois violinistas e uma sanfona incitavam os vindimeiros de juntas duras a dançarem um pouco, sendo que, mesmo assim, demonstravam muito mais graça e energia do que o mais sóbrio plantador de nabo. Já que não havia bastante mulheres presentes, Florence perguntou a M. Lambert da conveniência de ele fazer par com a nova dona do *château*. O *homme d'affaires* declarou ser uma honra essa sugestão, mas disse que se ele fora convidado para guiar madame, achava que os outros homens na mesma situação haveriam de ficar também esperando o mesmo. Florence então bateu o pé de irritada resignação, enquanto os esguios e musculosos franceses faziam rodopiar mulheres que, na maior parte das vezes, eram mais altas, mais gordas e mais velhas. Depois de mais ou menos uma hora, M. Lambert bateu palmas e a mais jovem *vendangeuse* veio trazer, tímida, um buquê de heliotrópios para Florence e Emily. Esta fez um breve discurso de congratulações e agradecimentos, depois do qual as duas mulheres se recolheram ao leito, ouvindo pela janela aberta o rodopio e o arrastar dos pés ao arranhar dos violinos, e a infatigável vivacidade da sanfona.

Emily tornou-se, para o indulgente espanto de Florence, até mais culta em vinicultura do que em arquitetura sacra. O assunto ficava mais confuso, porque Emily raramente sabia a palavra inglesa correta para os termos que empregava. Sentada numa cadeira de vime no terraço, com o sol fazendo brilhar os cabelos soltos de sua nuca, costumava dissertar para Florence sobre os parasitas inimigos e as doenças criptogâmicas da videira. *Altise*, ouvia Florence, e *rhynchite*; *cochinelle*, *grisette*, *érinose*; havia bichos monstruosos chamados *l'ephippigère de Béziers* e *le vespère de Xatart*; em seguida havia *le mildiou* e *le black-rot* (isso ela pelo menos entendia), *anthracnose* e *le rot blanc*. Emily visualizava essas calamidades ilustradas em cores, enquanto falava; folhas laceradas, manchas nocivas e galhos feridos enchiam seus óculos. Florence procurava demonstrar uma preocupação à altura.

– O que é uma doença criptogâmica? – perguntou ela, aplicada.

– A criptogamia, segundo Lineu, abrange as plantas que não têm estames ou pistilos, e portanto sem flores, tal como as turfas, as algas e os fungos. Os musgos e o liquens também. Vem do grego, significando casamento secreto.

– Criptogamia – repetiu Florence, como uma aluna.

– É a última classe de plantas de Lineu – acrescentou Emily. Ela encontrava-se agora nos limites de seu conhecimento, mas satisfeita de que, por uma vez, Florence parecesse tê-la seguido até ali.

– A última, mas com certeza não a de menor importância.

– Não sei se as categorias implicam um julgamento moral.

– Ah, tenho certeza que não – afirmou com firmeza Florence, embora não fosse nenhuma botânica. – Mas pena que algum de nossos inimigos sejam criptogâmicos – acrescentou.

A discussão que Emily teve com M. Lambert sobre essas mesmíssimas doenças foi mais completa, apesar de menos satisfatória.

Parecia-lhe evidente que as pesquisas de L'École Nationale d'Agriculture em Montpellier eram convincentes e que os danos provocados pela filoxera deviam ser sanados por enxertos sobre rizomas de videiras americanas. O professor Millardet, de Bordeaux, concordava com isso, muito embora houvesse animadas controvérsias na imprensa dedicada à viticultura.

Para M. Lambert, a questão não era tão óbvia assim; na realidade, muito pelo contrário. Ele lembrou a Mme. Emily, uma recém-chegada ao Médoc, que a videira européia, a despeito de suas muitas variedades, consistia em uma única espécie, *vinis vitifera*, enquanto a videira americana abrangia quase duas dúzias de espécies diferentes. A videira européia existira num estado de quase saúde perfeita há mais de dois milênios, e as doenças que agora a afligiam eram inteiramente devidas, como fora provado sem a menor dúvida, à introdução de videiras americanas na França. Assim, continuou ele – e nessa conjuntura Emily começou a desconfiar que haviam lido o mesmo livro –, assim surgira o oídio em 1845, a filoxera em 1867, o míldio em 1879, e a podridão-negra em 1884. E a despeito do que pudessem acreditar os professores universitários, seus colegas nos vinhedos acreditavam que, quando as pessoas se defrontam com uma doença, não a curam pela importação de sua causa. Para dizer as coisas de maneira mais simples, se se tivesse um filho com pneumonia, não se buscaria curá-lo colocando em sua cama outra criança já gripada.

Quando Emily insistiu com o argumento a favor da enxertia, M. Lambert endureceu sua expressão, e bateu com o boné de feltro contra sua coxa. – *Vous avez dit que vous n'etiez pas Américaniste* – afirmou ele simplesmente, como se quisesse obrigar a discussão a chegar a um fim.

Somente então, com seus estudos a lhe apoiarem, é que Emily compreendeu a pergunta que lhe fora feita em seu segundo dia de inspeção. O mundo aqui estava dividido entre *sulfureurs* e *Américanistes*: aqueles que enxergavam que a salvação da filoxera residia na salvação e recuperação das videiras puras francesas através do tratamento químico, e aqueles que desejavam transformar os vinhedos numa espécie de nova Califórnia. Sua resposta original lhe havia inadvertidamente confirmado que ela era um *sulfureur*, ou melhor, como agora afirmava ele, com um possível rigorismo lingüístico ou ligeiro sarcasmo, uma *sulfureuse*. Se ela agora lhe dizia ter mudado de opinião tornando-se, afinal de contas, uma *Américaniste*, então ele e M. Collet, gratos como eram a Mme. Florence e Mme. Emily, não podiam deixar de se sentir no mínimo decepcionados.

— Quem somos nós para saber? — foi a resposta de Florence quando Emily lhe expôs o dilema.

— Bem, nós, você, somos as donas. E tenho lido as publicações especializadas mais recentes.

— Meu pai nunca soube como funcionava a serraria.

— Mesmo assim, as pernas de sua mesa, creio eu, jamais caíram.

— Querida Emily — disse Florence —, como você se preocupa. — Ela sorriu, dando em seguida um risinho condescendente. — E pensarei em você daqui para a frente como minha *sulfureuse*. O amarelo sempre lhe caiu bem. — E deu um risinho de novo. A questão, percebeu Emily, fora ao mesmo tempo evitada e resolvida por Florence: assim era, muitas vezes, sua índole.

O que Florence chamava de "preocupação" era, para Emily, um interesse legítimo pela lavoura. Ela propôs aumentar a plantação cultivando as terras mais baixas, próximas ao rio: mas disseram-lhe que elas eram muito encharcadas. Respondeu que deviam importar valeteiros da East Anglia — na realidade, ela sabia exatamente que abridores de valas convinha empregar; mas disseram-lhe que mesmo se as encostas fossem drenadas, o subsolo era inóspito para as videiras. Em seguida, propôs que se usassem cavalos ingleses, em lugar dos bois, para trabalhar no vinhedo. M. Lambert levou-a às terras e ficaram à espera no final de um renque de *petit verdot*, enquanto uma junta atrelada de bois, com as cabeças cobertas como freiras para evitar as moscas, avançavam na direção deles. — Olhe — disse ele, os olhos a brilhar —, veja como levantam e pousam os pés. Não é tão gracioso quanto qualquer minueto dançado nos salões de baile da Europa? — Emily respondeu elogiando a força, a docilidade e a inteligência dos cavalos britânicos; e nesse assunto venceu sua perseverança. Alguns meses depois, uma parelha de vigorosos *shires*, de patas cabeludas, chegava a Haut Railly. Foram postos na cocheira, descansaram e receberam elogios. O que aconteceu depois, ela jamais chegou a descobrir: seriam os cavalos muito desajeitados, ou os trabalhadores não saberiam guiá-los? Fosse o que fosse, os *shires* não demoraram a gozar uma tranqüila e prematura aposentadoria nos campos mais baixos da propriedade, tornando-se freqüente motivo de dedos apontados a partir do vapor de Pauillac.

Essa embarcação, quando não sobrecarregada, podia às vezes ser persuadida a atracar no embarcadouro de pedra do *château*, novo em folha. Esses embarcadouros, descobriu Emily, eram chamados de *port* na região. Assim chamados, deduziu ela obviamente, porque sua pretensa função não era a de atracadouro de barcos de lazer, mas ponto de embarque de mercadorias: no caso, era evidente que, no passado, o vinho da propriedade devia ser despachado para ser engarrafado em Bordeaux por aquela via fluvial direta, em vez de ser transportado por terra. Portanto, ela instruiu M. Lambert a transportar assim a próxima safra, e ele aparentemente aceitou a ordem. Porém, uma semana depois, Florence informou-a que a governanta pedira demissão entre lágrimas, porque se madame não quisesse empregar seu irmão, o *haulier*, então ela mesma não poderia trabalhar para madame, já que seu irmão era viúvo, com muitos filhos, e o pão deles dependia do contrato de transporte com o *château*. Florence respondeu que evidentemente nenhuma delas sabia nada a respeito, e que Mme. Merle não se preocupasse.

– Será que o preguiçoso não pode se adaptar ao transporte fluvial também? – perguntou Emily, um tanto irritada.

– Minha cara, não viemos aqui para perturbar a vida deles. Viemos para gozar de tranqüilidade na nossa.

Florence adaptara-se ao Médoc com uma disposição que se aproximava da indolência. Para ela, agora, o ano não se desenrolava de janeiro a dezembro, mas de uma vindima a outra. Em novembro, limpavam e adubavam os vinhedos; em dezembro, aravam superficialmente como proteção contra as geadas de inverno; em 22 de janeiro, dia de São Vicente, começavam a poda; em fevereiro e março, aravam para abrir as videiras; e em abril faziam o plantio. Junho via a florada; julho, a pulverização e a apara. Em agosto, acontecia a *véraison*, aquela milagrosa transformação anual das uvas, que passavam de verdes a roxas; setembro e outubro traziam a *vendange*. Ao observar essas ocorrências do terraço, Florence dava-se conta de uma permanente ansiedade quanto a chuva e granizo, geada e seca; porém as pessoas do campo eram universalmente obcecadas pelo tempo, e ela resolveu, na qualidade de proprietária, eximir-se dessas ansiedades. Preferia concentrar-se naquilo que amava: as videiras a deixarem pender seus tentáculos de polvo sobre os suportes de arame; o lento ranger e tinido dos bois amarelados a avançarem imponentes no vinhedo; o cheiro hibernal da fumaça devido à queima das aparas de videira. Nas manhãs de final de outono, quando o sol se levantava baixo, ela costumava ficar sentada em sua cadeira de vime com uma terrina de chocolate, e de seu ângulo achatado de visão todas as cores oxidadas se realçavam: laranja, ocre, bordô pálido. Este é o nosso recanto, pensava.

Para ela, portanto, cada ano terminava na festa móvel do *bal des vendangeurs*. Atenta às recomendações anteriores de M. Lambert, fizera Florence, no verão de 1891, várias viagens misteriosas a Bordeaux. O objetivo delas tornou-se claro quando comemoraram a segunda vindima do Château Haut Railly em resplendente indumentária de noite: casaco e calças de *barathea* preta, com um colete de seda branco por baixo, tudo isso cortado com elegante excentricidade por um aturdido alfaiate francês. Emily trajava o mesmo vestido amarelo do primeiro ano, e depois de terminado o banquete nas mesas de cavalete, e os violinos e a sanfona começaram a tocar, *les dames anglaises* se levantavam e dançavam ao som de desconhecidas melodias de furiosa vivacidade. Mme. Florence fazia Mme. Emily girar numa passável imitação dos musculosos e bigodudos *vendangeurs*, que por seu turno defendiam a democracia da pista de dança com ombros e quadris. Ao término de uma hora, as duas mulheres se davam conta, no meio da dança, que todos os demais haviam fugido para a periferia de sua consciência, e que elas eram donas de um espaço vazio. Quando a música parava, os outros dançarinos aplaudiam, M. Lambert batia palmas secamente, a mais jovem *vendangeuse* trazia dois ramos de heliotrópios, Emily fazia seu discurso, que não era substancialmente diferente, salvo o sotaque, do ano anterior, e *les dames anglaises* recolhiam-se ao leito. Florence dependurava sua indumentária de noite, que só voltaria a tirar do armário no ano seguinte. No escuro, bocejava profundamente e recordava uma última imagem de Emily, meio cega sem os óculos, sendo atirada e girada pelo pátio no seu vestido amarelo. – Boa noite, *ma petite sulfureuse* – dizia ela com um risinho sonolento.

A grande crise da administração do Château Haut Railly ocorreu no verão de 1895. Certa manhã, Emily notou que o irmão da governanta descarregava barris na porta do *chai*. Ela ficou observando o *haulier*, sem de início se dar conta de que havia algo estranho na maneira como ele carregava-os da carroça e arriava-os com um baque no pátio. É claro, era evidente – deveria ter sido óbvio de imediato – que os barris estavam cheios.

Depois que o *haulier* partira ela foi ver o *régisseur*. – Monsieur Collet, eu sempre achei que nós fazíamos vinho aqui. – O *régisseur*, um homem magricela e taciturno, tinha um afetuoso respeito por suas patroas, mas sabia que elas preferiam abordar qualquer assunto de uma maneira irônica, indireta. Portanto ele sorriu, e ficou à espera de que Mme. Emily chegasse à questão que a incomodava.

– Venha comigo. – Ela foi na frente até o pátio e postou-se diante da prova. Uma dúzia de pequenos barris, empilhados com ordem, sem revelar nenhum rótulo de procedência. – De onde vieram?

– Do vale do Ródano. Deveriam, pelo menos. – Na ausência de uma reação de Emily, ele prosseguiu, prestativo. – É claro que nos velhos tempos era mais difícil. Meu pai era obrigado a trazer Cahors pelo Dordogne abaixo. Em seguida inauguraram a ferrovia de Sète a Bordeaux. Foi um grande progresso.

– Monsieur Collet. Perdoe-me por perguntar: se fabricamos vinho aqui, por que o importamos?

– Ah, sei. *Pour le vinage.*

Emily ainda não tinha encontrado este termo antes.

– *Vinage?*

– Para ser acrescentado ao nosso vinho. Para melhorá-lo.

– Isto é... é... legal?

M. Collet deu de ombros.

– As pessoas fazem leis em Paris. No Médoc, as pessoas fazem vinho.

– Monsieur Collet, deixe-me entender isto bem. O senhor, o encarregado de fabricar nosso vinho, o senhor adultera o Châteaux Haut Rally com uma porcaria do vale do Ródano? O senhor faz isso sem licença? O senhor faz isso todo ano?

O *régisseur* deu-se conta de que era preciso mais do que uma explicação dos fatos. Sempre a madame mais jovem a causar os problemas. Ela tinha, em sua opinião, uma tendência à histeria. Enquanto Mme. Florence era muito mais tranqüila. – A tradição é que permite – respondeu. Mas pela expressão no rosto de Mme. Emily, podia-se perceber que as santas palavras do pai dele não estavam funcionando. – Não, madame, todo ano não. O último ano foi uma safra ruim, como sabe, por isso é preciso. De outro modo, ninguém comprará o vinho. Se fosse um pouquinho melhor, talvez pudéssemos melhorar, com nosso próprio vinho, alguns barris de 93. É isso que chamamos *le coupage* – acrescentou apreensivo, inseguro se estava aumentando ou diminuindo seu suposto pecado. – Mas a do ano passado foi verdadeiramente medíocre, por isso precisamos da ajuda desses barris... *pour le vinage.*

Ele não esperava o próximo gesto de Mme. Emily. Ela correu até o almoxarifado, voltando com um formão e uma marreta. Alguns momentos depois, uma dúzia de buracos haviam sido feitos, e a parte de baixo do vestido de Emily estava manchada de um picante e acre líquido, consideravelmente mais fino que o Châteaux Haut Railly de 1894, armazenado a algumas dezenas de metros de distância.

M. Lambert, atraído pelos golpes de marreta, saiu correndo de seu escritório e tentou acalmar Emily, contribuindo com uma perspectiva histórica à questão. Ele contou-lhe sobre *les vins d'aide*, assim chamados, e a preparação de vinho para *le goût anglais*, como era conhecido no Médoc, e como o vinho servido nas mesas dos cavalheiros ingleses era raramente o mesmo líquido saído de qualquer propriedade alguns meses ou anos antes. Falou de um vinho espanhol chamado Benicarlo.

A descrença de Emily era como uma chama.

– Monsieur Lambert, eu não compreendo o senhor. No passado, o senhor me deu uma verdadeira aula sobre a pureza dos vinhos dos vinhedos do Médoc, como as videiras francesas não deviam ser adulteradas com rizomas das americanas. E no entanto, o senhor joga alegremente barris de... disso na produção dessas mesmas videiras.

— Madame Emily, deixe-me enfocar o assunto deste modo. — Suas maneiras tornaram-se avunculares, quase clericais. — Qual o melhor vinho do Médoc?
— Château Latour.
— É claro. E conhece o verbo *hermitager*?
— Não. — Seu vocabulário estava certamente sendo ampliado naquele dia.
— Significa colocar o vinho de Hermitage, um vinho do Ródano, como a senhora talvez saiba, num Bordeaux tinto. Para dar-lhe peso. Para acentuar suas qualidades.
— Fazem-no em Latour?
— Talvez isso não aconteça no próprio *château*. E sim em Chartrons, em Londres... No *négociant*, no expedidor, no engarrafador... — As mãos de M. Lambert esboçaram uma conspiração de virtude necessária. — Nos anos fracos, é preciso fazê-lo. Sempre foi feito. Todo mundo sabe.
— Será que eles aí ao lado sabem, em Latour? — Emily apontou para o sul, na direção do sol. — Os proprietários fazem-no? Recebem barris assim, à luz do dia?
O *homme d'affaires* encolheu os ombros.
— Talvez não.
— Então nós também não faremos isso aqui. Eu o proíbo. Nós proibimos.

No terraço, aquela noite, enquanto seu vestido ainda estava de molho, Emily permaneceu inflexível. Florence tentou de início recuperar o bom humor dela por meio de brincadeiras, demonstrando surpresa que uma entusiasta pela transcendência não quisesse que seus vinhos também gozassem dessa qualidade. Porém Emily não queria humor nem lisonjas.

— Florence, você não pode afirmar que aprova esta prática. Se o rótulo de nosso vinho proclama que ele pertence a determinada safra, mas ele é na realidade uma mistura de duas safras, não é possível que você aprove!
— Não!
— Então deve aprovar ainda menos quando nossas garrafas contêm vinho de centenas de quilômetros de distância, cultivados sei lá onde, e por sei lá quem?
— Sim. Mas...

— Mas?

— Até eu, minha cara Emily, aprendi que é permitido acrescentar açúcar ao nosso vinho, e como é o nome daquele ácido...?

— Ácido cítrico, sim, e ácido tartárico, e tanino. Não sou tão sentimental que não ache que este processo seja, de certa forma, um processo de fabricação. Hoje um processo industrial, além de agrícola. O que não posso tolerar, Florence, é a falsificação. A fraude em relação às pessoas que compram, que bebem nosso vinho.

— As pessoas certamente compram determinado vinho porque conhecem seu gosto. Ou o gosto que ele deveria ter. — Emily não respondeu e Florence prosseguiu com seu pensamento. — Um inglês que compra Château Latour tem determinada expectativa, ou não tem? Então aqueles que criam o gosto exigido por ele, estão apenas dando aquilo que ele quer.

— Florence, eu não esperava ver você tomando a posição de advogado do diabo. Encaro este assunto com a máxima seriedade. Parece-me da maior, da máxima importância.

— Estou vendo.

— Florence, não conversamos sobre essas coisas, e fico satisfeita das coisas permanecerem assim, mas quando nos mudamos para cá, quando abandonamos os plantadores de nabo, nós o fizemos, assim creio, porque não podíamos mais continuar fingindo, sufocadas por todo aquele gélido formalismo, à espera daquelas quatro semanas por ano em que podíamos fugir. Não podíamos tolerar a falsidade de nossas vidas. — A essa altura, Emily corara intensamente, e havia uma severa imobilidade na sua postura. Florence já a vira assim antes, quando se obstinava contra alguma coisa.

— Sim, querida.

— Você gosta de dizer que este é o nosso recanto. Bem, é mesmo, mas só se formos nós a ditarmos as regras.

— Sim.

— Então não devemos compactuar com o fingimento, com a fraude, nem acreditar, conforme me expressou esta manhã Monsieur Collet, que "a tradição permite". Não devemos viver assim. Precisamos acreditar na verdade. Não devemos viver na falsidade.

— Você tem toda razão, minha cara, e eu te amo por isso.

Por uma vez na vida, M. Lambert e M. Collet foram totalmente incapazes de dobrar qualquer uma das madames. Normalmente eles sabiam como tratar com Mme. Florence, depois de Mme. Emily estar fora do caminho. Podiam dirigir-se a ela com emoção ou orgulho, invocar considerações locais ou nacionais, e apelar para o que consideravam ser seu espírito essencialmente conciliatório. Mas desta vez, Mme. Florence revelou-se tão obstinada quanto Mme. Emily. Argumentos a favor da necessidade e da tradição, referências à autoridade implícita dos grandes vinhedos, foram colocados diante dela, em vão. Não haveria *vinage* nem *coupage* algum. Não haveria entregas furtivas de barris anônimos e, neste sentido, nenhuma medida encobridora subseqüente nos livros de contas de M. Lambert. Florence temia outra ameaça de demissão, embora muito menos do que temia a possibilidade de uma censura da parte de Emily. Porém os dois homens, depois de vários dias amuados e muita conversa enrolada com mais *patois* que de costume, concordaram em fazer o que lhes mandaram.

A década prosseguiu. Os anos de 1890 foram melhores no Médoc do que os de 1880, e os últimos anos do século não trouxeram com eles nenhuma sensação de completude. Florence podia refletir que o copo delas não continha por enquanto nenhuma borra. Haviam se instalado confortavelmente na meia-idade, talvez mais ela do que Emily; e não tinham saudades da Inglaterra. A administração do Château Haut Railly exigia menos delas. O replantio do vinhedo com cepas puras fora terminado; os bois dançavam seus minuetos, os *vendangeurs* executavam seus rituais licenciosos. O velho *curé* se aposentara, mas seu substituto respeitava a rotina ancestral: chá em novembro, bênção das videiras em abril. Florence começou a fazer tapeçaria, Emily, conservas; passaram a freqüentar menos o vapor para Bordeaux. *Les dames anglaises* cessaram de ser novidade, ou mesmo uma excentricidade. Haviam se tornado prata da casa.

Emily às vezes costumava refletir sobre o pequeno impacto que elas na realidade causaram na propriedade; como fora pouca a transcendência ocorrida. Elas tinham trazido dinheiro, é verdade, mas isso apenas permitira ao vinhedo que se recuperasse, que tivesse uma melhor oportunidade contra seus inimigos parasitas e as doenças criptogâmicas. E numa ocasião como aquela, quando sentia que a vontade individual era menos importante que aquilo que os filósofos proclamavam, ela gostava de imaginar a vida humana segundo seu próprio ciclo vinífero. A infância estava cheia de geadas e de podas, de trabalho insano ao arado: difícil acreditar numa possível mudança de tempo. Mas mudança havia, e junho trazia a florada. Flores eram seguidas de frutos, e com agosto vinha a *véraison*, aquela milagrosa mudança de cor, sinal e promessa de maturidade. Ela e Florence haviam agora alcançado o agosto de suas vidas. Ela tremia só de pensar como a maturidade delas dependera dos caprichos do tempo! Conhecera muita gente que jamais se recuperara da crueldade das prematuras geadas; outras se vergaram ao míldio, à podridão, às moléstias; outras ainda ao granizo, chuva, seca. Elas – ela e Florence – tiveram sorte com seu clima. Era só isso que havia a dizer. A analogia terminava aí, pensava ela. Podiam estar agora na maturidade, mas não havia vinho a ser extraído de suas vidas. Emily acreditava na transcendência, mas não na alma. Aquele era seu pedaço de terra, quinhão de suas vidas. Em seguida, num determinado instante, vinham os bois dançando uma dança estranha, com o bico atrás deles mordendo mais fundo o solo.

Na última noite do século, ao aproximar-se a meia-noite, Florence e Emily estavam sentadas sozinhas no terraço do Château Haut Railly. Até mesmo as silhuetas familiares dos dois velhos *shires* nos prados mais baixos encontravam-se ausentes. Os cavalos haviam engordado e ficado nervosos recentemente, sendo então bem trancados nas cocheiras, no caso de alguma reação violenta provocada pelos fogos. *Les dames anglaises* foram naturalmente convidadas para as comemorações em Pauillac, mas declinaram. Às vezes mudava o mundo, e a gente precisava de um congraçamento público. Mas também havia grandes momentos melhor saboreados em particular. Não lhes apeteciam naquela noite os discursos oficiais, o baile da municipalidade, o primeiro carnaval de línguas roxas do novo século.

Embrulhadas em cobertas, baixavam a vista em direção à Gironde, vez por outra iluminada por algum prematuro foguete. Uma luz trêmula, porém mais confiável, vinha da lamparina fechada em cima da mesa entre elas. Emily podia ver que os novos balaústres, que haviam trocado há uma década, fundiram-se agora perfeitamente com os outros; não podia mais lembrar, nem distinguir uns dos outros.

Florence voltou a encher seus copos com a safra de 1898. Fora uma pequena vindima, reduzida pela falta de chuva depois de um verão seco. A de 1899, atualmente chocando no *chai*, já era considerada magnífica, um *grand finale* ao século. Mas a de 1898 tinha suas qualidades: bela cor, um largo frutado, gosto residual certo. Agora, se todas essas qualidades eram-lhe inteiramente próprias, já era outra questão. Florence, embora fosse no fundo complacente, não podia deixar de ficar espantada com a impressão de que o vinho delas adquiria certa solidez adicional entre a viagem até Bordeaux em barris, e o retorno dali, engarrafado. Certa vez, com alegre ousadia, aventara esta hipótese a Emily, que respondera secamente que todo vinho encorpava na garrafa. Florence aquiesceu diante desta declaração, jurando com seus botões que nunca mais tocaria no assunto.

– Você pode sentir-se orgulhosa desta safra – sentenciou.
– Ambas podemos.
– Então quero lhe fazer um brinde. Ao Château Haut Railly.
– Ao Château Haut Railly.

Beberam e foram até a beira do terraço, ajeitando suas cobertas. Colocaram seus binóculos na balaustrada. O relógio de pêndulo inglês deu doze horas, e os primeiros fogos do novo século ganharam o céu. Florence e Emily brincaram de adivinhar de onde vinham. Château Latour, óbvio, a explosão cor de rubi bem perto. Château Haut Brion, o sussurro dourado-amarronzado à distância. Château Lafite, a elegante teia ao norte. No meio daquelas luzes espalhadas e do matraquear que não infundia medo, propuseram uma série de brindes. Viraram-se em direção à Inglaterra e beberam, em direção a Paris, em direção a Bordeaux. Em seguida, viraram-se uma para a outra no terraço silencioso, e com a lanterna alegrando seus vestidos, ergueram um brinde ao novo século. Um último foguete desnorteado voou rente à água e explodiu acima do portinho delas. De braços dados, encaminharam-se para a casa, abandonando seus copos ainda cheios na balaustrada e a lanterna para que queimasse até alguma hora morta. Florence cantarolava uma valsa, e dançaram alegremente os últimos metros até as janelas de batente.

No vestíbulo, sob o bico de gás ao pé da escada, Florence falou: – Deixe-me ver sua língua. – Emily, com bastante delicadeza, pôs para fora um centímetro e meio dela. – Exatamente como pensei – disse Florence. – Roubando as uvas. Todo ano a mesma desobediência, *ma petite sulfureuse*. – Emily abaixou a cabeça, falsamente contrita. Florence fez um muxoxo, e abaixou a luz.

TÚNEL

O INGLÊS IDOSO viajava para Paris a negócios. Acomodou-se metodicamente em seu assento, ajeitando o descanso das pernas e o apoio para a cabeça; suas costas ainda doíam devido às ligeiras escavações primaveris. Desdobrou a mesa, verificou a saída da ventilação e a lâmpada noturna. Não deu atenção à revista gratuita, às saídas de áudio e ao serviço de vídeo particular com menu do almoço e carta de vinhos na tela. Não que fosse contra comida e bebida; mantinha, com seus sessenta e muitos anos, uma ansiosa expectativa em relação à próxima refeição. Mas vinha permitindo tornar-se – ou melhor, tornar-se para si mesmo, em vez de apenas para os outros – um pouco antiquado. Talvez parecesse afetado levar sanduíches prontos e meia garrafa de Meursault numa sacola, quando o almoço era gratuito para os fregueses homens de negócios. Mas era o que ele queria, então foi o que fez.

Quando o trem saiu imponentemente de King's Cross, pensou, como fazia todas as vezes, na surpreendente banalidade de no decorrer de sua vida Paris ter ficado mais perto que Glasgow, Bruxelas do que Edimburgo. Podia deixar sua casa no norte de Londres e, mal decorridas três horas, estar descendo a suave ladeira do bulevar Magenta, sem virar uma folha de seu passaporte. Tudo que precisava era sua carteira de identidade européia – e isso apenas se ele roubasse um banco ou caísse debaixo do metrô. Tirou sua carteira e verificou o oblongo de plástico: nome, endereço, data de nascimento, número da previdência, telefone, dados do fax e do correio eletrônico, grupo sangüíneo, histórico médico, dados de crédito e parentes. Todos esses itens, a não ser os dois primeiros, eram invisíveis, codificados num pequeno losango iridescente. Leu seu nome – duas palavras mais uma inicial, todas isentas de associações depois de tantos anos de familiaridade – e estudou sua fotografia. Macilento, rosto comprido, papada sob o queixo, muito corado e com algumas veias rompidas por desdenhar o conselho médico de evitar o álcool, além dos olhos de *serial-killer* que os quiosques de fotos automáticas costumam infligir. Não se achava vaidoso, mas dada sua tendência a brigar um pouco com a maioria de suas fotos, admitiu que devia ser.

Viajara para a França pela primeira vez há cinqüenta e seis anos, numas férias de carro com a família, na Normandia. Não havia barcas de fácil embarque e desembarque então, nem Eurostar, nem Le Shuttle. Ancoravam seu carro num estrado de madeira na beira do cais de Newhaven, e suspendiam-no e jogavam-no lá nas profundezas do navio, como se fosse mais uma mercadoria. Essa recordação costumeira fê-lo disparar um catecismo de partidas. Zarpara de Dover, Folkestone, Newhaven, Southampton, Portsmouth. Desembarcara em Calais, Boulogne, Dieppe, Le Havre, Cherbourg, Saint-Malo. Voara de Heathrow, Gatwick, Stansted, London City Airport; aterrissara em Le Bourget, Orly, Roissy. Lá pelos anos 60, tomara um trem-dormitório de Victoria até a Gare du Nord. Mais ou menos na mesma época havia o Silver Arrow: quatro horas e um quarto entre o centro de uma cidade e outro, assim fora alardeado, Waterloo até Lydd, Lydd a Le Touquet, e o trem para Paris à espera junto da pista de aterrissagem. Que mais? Voara de Southampton (Eastleigh, para ser exato) a Cherbourg em algo chamado ponte-aérea, seu atarracado Morris Minor no compartimento de carga de um desajeitado avião cargueiro. Aterrissara em Montpellier, Lyon, Marseille, Toulouse, Bordeaux, Nice, Perpignan, Nantes, Lille, Grenoble, Nancy, Strasbourg, Besançon. Tomara a *autorail* de volta, de Narbonne, Avignon, Brive-la-Gaillarde, Fréjus e Perpignan. Voara por cima do país, atravessara-o de trem e de ônibus, dirigira, pegara carona; criara grandes bolhas nos pés caminhando pelas Cévennes. Era proprietário de várias gerações de mapas amarelos *Michelin*, que bastava abrir um pouquinho para provocar vívidos devaneios. Ainda se lembrava do espanto, há uns quarenta anos mais ou menos, quando os franceses descobriram a distribuição giratória do tráfego: a burocracia encontrava o libertarismo. Mais tarde haviam descoberto o quebra-molas ou policial adormecido: o *ralentisseur* ou *policier couchant*. Estranho que o policial inglês dorme, enquanto o francês está apenas deitado. O que isso nos diz?

O Eurostar emergiu do túnel de Londres na luz do sol de abril. Muros de arrimo feitos de tijolos de bistre, berrantes de *grafitti*, cederam lugar lentamente à surdina dos subúrbios. Era uma daquelas manhãs estalando de claras com vocação para enganar o próximo: donas-de-casa pregando suas roupas no varal, equivocadamente de mangas curtas, e rapazes ameaçados de dor de ouvido por abaixarem prematuramente a capota de seus carros. Fileiras de casas geminadas iguaizinhas passaram voando por seus olhos; as flores das ameixeiras pendiam pesadas como frutos. Houve um borrão de loteamentos, em seguida um parque esportivo com uma fileira de placares eletrônicos de críquete parados durante o inverno. Ele transferiu seu olhar da janela e começou a beliscar as palavras cruzadas do *Times*. Alguns anos antes, proclamara seu plano para evitar a velhice: fazer as palavras-cruzadas todo dia e chamar-se de panaca se você se flagrasse comportando-se como tal. Mas não haveria algo senil, ou pré-senil nessas próprias precauções?

Deixou a si mesmo de lado e começou a especular sobre seus vizinhos mais próximos. À sua direita, estavam três sujeitos de ternos, mais um cara num blazer listrado; do lado oposto, uma senhora idosa. Idosa: isto é, mais ou menos da mesma idade dele. Ele repetiu a palavra, girando-a dentro da boca. Jamais gostara muito dela – havia algo escorregadio e obsequioso a seu respeito – e agora que ele próprio era aquilo que a palavra designava, gostava ainda menos dela. Jovem, de meia-idade, maduro, velho: era assim que se conjugava a vida. (Não, a vida era um substantivo, então era assim que se declinava a vida. Sim, ficava melhor, em todo caso, declinava-se a vida. Um terceiro sentido também presente: a vida recusada, a vida não abraçada por inteiro. "Vejo agora que sempre tive medo da vida", admitira certa vez Flaubert. Seria verdade em relação a todos os escritores? E seria, de todo modo, uma verdade necessária: para ser escritor, era preciso declinar em certo sentido a vida?) Como situava ele? *Maduro*. Sim, a falsa delicadeza daquela expressão devia desaparecer. Jovem, de meia-idade, velho, morto, era assim a evolução. Desprezava a maneira como as pessoas pisavam em ovos ao falar sobre a idade – a própria idade, enquanto não tinham a menor vergonha em atribuí-la aos demais. Homens com seus setenta e tantos referindo-se a "aquele velho de oitenta", mulheres com sessenta e cinco mencionando "a pobre velhinha" de setenta. Melhor errar na direção oposta. É-se jovem até trinta e cinco, de meia-idade até sessenta, velho daí em diante. Por isso a mulher em frente não era madura, porém velha, e ele também era velho: assim se considerava há nove anos. Graças aos médicos, podia-se esperar ainda com alegria muita velhice pela frente. Muito daquilo que ele agora se flagrava ser com demasiada freqüência: anedótico, memorialista, desconexo; confiante ainda sobre as ligações específicas entre as coisas, mas apreensivo quanto à estrutura global. Gostava de citar a máxima de sua mulher, elaborada há muito tempo, quando ambos eram de meia-idade: "À medida que envelhecemos, cristalizamos nossas características menos aceitáveis." Era verdade; mas embora sabendo-o, como escapar disso? Nossas características menos aceitáveis são as que são mais aparentes aos demais, não a nós mesmos. E quais eram as suas? Uma delas era se comprazer em ficar se fazendo perguntas sem respostas.

Deixou os homens para depois. A mulher: cabelo prateado sem nenhuma pretensão de autenticidade (da cor, isto é – o cabelo, até onde podia perceber, era autêntico), blusa de seda amarelo-clara, casaco azul-marinho com um lenço amarelo pálido no bolso, vestido xadrez de lã escocesa... não, ele não conseguia mais interpretar a altura das bainhas em termos da moda, por isso não tentou. Ela era mais para alta, um metro e setenta e dois a um metro e setenta e cinco, e bonita. (Ele se recusava a usar aquela outra palavra escorregadia: vistosa. Quando empregada em relação a uma mulher acima de certa idade, significava "já foi bonita". Sério equívoco, já que a beleza era algo que a mulher desenvolvia, geralmente, com seus trinta e muitos anos. A atrevida inocência do tipo me-fode era algo diferente. A beleza existe em função do autoconhecimento, somado ao conhecimento do mundo; portanto, logicamente, não se pode ser senão fragmentariamente belo até perto dos trinta e poucos anos.) Por que não uma garota do Crazy Horse? Isso combinaria. Ela tinha a altura, a ossatura, a elegância. De volta para uma reunião: era o que elas faziam, não era? A turma de 65 de Madame Olive, ou seja lá o que for. Estranho que ainda continuasse, que a despeito de petiscos sexuais mais grosseiros no mercado, ainda existisse um público para aquelas esforçadas dançarinas inglesas, emparelhadas como as casas geminadas de subúrbio, que dançavam o que era tido como erotismo de bom gosto e eram proibidas de encontrar qualquer homem a menos de duzentos metros de distância do clube. Imaginou rapidamente uma vida prévia para ela: escola de balé em Camberley, dançando em navios-cruzeiros, um teste no Crazy Horse; em seguida um nome artístico, latino e cintilante, vida profissional numa atmosfera familiar, o esquema de poupança do clube; finalmente, depois de quatro ou cinco anos, retorno à Inglaterra com a entrada paga de uma loja de vestidos, admiradores bem situados, casamento, filhos. Ele verificou a aliança, usada no meio de dois adereços mais geológicos. Sim, devia estar certo, voltando para o qüinquagésimo aniversário... Madame Olive já há muito falecida, é claro, mas Betty de Falmouth lá estaria, e também...

O blazer do sujeito sentado diretamente em diagonal a ele era meio falso. É óbvio que todos os blazers listrados são *au fond* falsos, fingindo ser Jerome K. Jerome ou algum participante da Regata de Henley, mas os elementos cor de sangue-de-boi e de lima naquele ali, aproximavam-se da paródia. Um cara gorducho de meia-idade, com cabelo ficando grisalho, costeletas e um bronzeado berrante, a bocejar debruçado sobre uma revista de ciclismo. O Espertinho indo para um show de "How's your father?" Clichê demais. Executivo de TV indo negociar a cobertura do Tour de France deste ano? Não, vamos tentar algo diferente. Antiquário a caminho do Hôtel Drouot? Melhor. O casaco vistoso para lhe dar um ar meio inautêntico, para ajudar a chamar a atenção do leiloeiro, e não obstante fazer com que seus rivais o subestimassem na hora dos lances ficarem sérios.

Além dos sujeitos nos ternos, viu uma plantação meio debilitada de lúpulo e a chaminé semi-inclinada do armazém de secagem. Encurtou seu foco e procurou fazer justiça aos caras. O de óculos e jornal dava a impressão de estar examinando a vidraça com certa meticulosidade; está bem, vamos transformá-lo num engenheiro civil. O sem óculos, mas com jornal, e uma gravata listrada de alguma instituição: terceiro escalão da Comissão Européia? O outro... ah, vá amolar o boi: pensador, traidor, soldador, caçador de baleias... bem, não dava para enquadrar todo mundo, ele já descobrira isso.

Nos velhos tempos – até mesmo nos tempos arcaicos –, a essa

altura eles talvez já estivessem conversando. Hoje em dia o máximo que se conseguia era uma camaradagem desconfiada. Pare. Velho panaca. Essa expressão *hoje em dia* é que trai as pessoas, sempre a preceder ou a seguir algum comentário digno de ser denunciado para nossa personalidade mais jovem, ausente, crítica. Quanto à própria sensação: isso já se repetiu antes, não se esqueça. Quando você era criança, os adultos viviam chateando sobre "como todo mundo conversava entre si durante a guerra". E como reagira você na calmaria e no tédio pulsante da adolescência? Resmungando consigo mesmo que a guerra parecia um preço demasiadamente alto a pagar para se conseguir aquele desejável efeito social.

Mas mesmo assim... Ele lembrava... não, esse verbo, descobria ele cada vez mais, carecia muitas vezes de falta de exatidão. Parecia lembrar, ou imaginar retrospectivamente, ou reconstituir com a ajuda de filmes e umas saudades tão melosas quanto um favo de mel, uma época em que os viajantes que atravessavam a Europa de trem tornavam-se amigos pela duração da viagem. Haveria incidentes, tramas encobertas, tipos exóticos: o homem de negócios libanês a comer passas de Corinto de uma pequena caixa de prata, a vamp misteriosa dona de um súbito segredo – esse tipo de coisa. A reserva britânica seria vencida com a ajuda de exames míopes e desconfiados dos passaportes e da tilintante sineta do camareiro de casaco branco; ou você poderia abrir sua cigarreira de tartaruga e fazer assim sua *entrée* social. Hoje em dia... sim, hoje em dia a viagem era por demais rápida através desse novo *zollverein* europeu, a comida era trazida até os assentos, e ninguém fumava. A Morte do Trem de Compartimentos e seu Efeito sobre a Interação Social nas Viagens.

Esse era outro sinal de 'panaquice caduca': imaginar títulos de teses, de triste humor. Mesmo assim... lá em Zurique, no início dos anos 90, ele se vira a embarcar num austero e antipático trem para Munique. O motivo de seu desmazelo logo tornou-se aparente: o destino final era Praga, e aquilo era uma velharia comunista, à qual tolerara-se que conspurcasse a impecável bitola capitalista. Nos assentos ao lado da janela estava um casal suíço de *tweed*, cheio de cobertas, sanduíches e velhas valises (bem, assim é que estava certo, uma valise podia – e até deveria – ser velha), que somente um inglês de meia-idade teria força para erguer até o bagageiro. Do outro lado, estava sentada um suíça alta, loura, com uma certa aura tilintante de ouro. Irrefletidamente, ele retornara à sua edição européia do *Guardian*. O trem avançou sacolejante pelos primeiros quilômetros, e a cada vez que diminuía de marcha, a porta do compartimento ao seu lado se abria com um baque. Em seguida, o trem ganhava velocidade e a porta batia, fechando-se com outro baque violento. Uma, duas, ou talvez quatro pragas silenciosas foram lançadas a intervalos de poucos minutos contra o construtor de vagões tcheco. Depois de algum tempo, a suíça largou sua revista, colocou óculos escuros e recostou a cabeça. A porta bateu mais algumas vezes, até que o inglês calçou-a com o pé. Ele tinha de se entortar ligeiramente para fazê-lo, mantendo essa postura dolorosa e vigilante por mais ou menos meia hora. Sua vigilância terminara quando o condutor bateu na vidraça com seu alicate de metal (um ruído que ele não ouvia há décadas). Ela mexeu-se, entregou seu bilhete, e depois do funcionário partir, olhou para o outro lado e disse:

– *Vous avez bloqué la porte, je crois.*

– *Oui. Avec mon pied* – explicara ele, pedante; e em seguida, de igual modo supérfluo: – *Vous dormiez.*

– *Grâce a vous.*

Passavam por um lago. Qual seria aquele?, perguntara. Ela não sabia. Lago Constance, talvez. Ela consultara o outro casal, em alemão. – *Der Bodensee* – confirmara ela. – Foi aqui que o único submarino suíço afundou, porque deixaram a escotilha aberta.

– Quando foi isso? – perguntou ele.

– É uma piada.

– Ah...

– *Je vais manger. Vous m'accompagnerez?*

– *Bien sûr.*

No vagão-restaurante, foram servidos por garçonetes tchecas cadeirudas, de rostos cansados e cabelo descuidado. Ele pediu uma *Pils* e uma omelete de Praga, ela um feio monte de coisas encimado por uma fatia de carne, algum bacon e um ovo cruelmente estrelado. A omelete dele parecia tão deliciosa quanto aquela inesperada situação. Ele tomou café, ela um copo de água quente com um saquinho de chá Winston Churchill dependurado. Mais uma *Pils*, outro chá, mais um café, um cigarro, enquanto a suave paisagem alemã passava estrepitosa. Discordaram quanto à infelicidade. Ela disse que a infelicidade provinha da cabeça, não do coração, e era causada pelas imagens falsas originadas na mente; ele afirmou, mais pessimista, mais irredimivelmente, que a infelicidade provinha apenas do coração. Ela chamava-o *monsieur* e tratavam-se decorosamente entre si por *vous*; ele achou uma volúpia a tensão entre o formalismo lingüístico e a pretensa intimidade. Convidara-a para sua palestra aquela noite em Munique. Ela respondera que planejara voltar para Zurique. Na plataforma em Munique, beijaram-se em ambas as faces, e ele dissera: – *A ce soir, peut-être, sinon à un autre train, une autre ville...* – Fora um flerte perfeito, perfeição confirmada pelo fato de ela jamais ter aparecido em sua palestra.

O terminal do trem em Cheriton passou deslizando; o chefe anunciou que se aproximavam da Mancha. Cercas, concreto impecável, uma descida quase imperceptível, em seguida uma suave escuridão. Ele fechou os olhos e ouviu, no túnel da memória, o eco de gritos cadenciados. Deve ter sido há quinze, vinte anos. Talvez aquele cara duvidoso do outro lado do corredor o tivesse deflagrado, ao fazer recordar seu tipo semelhante. As pessoas se repetem, tal como as histórias.

Na escuridão particular de seu passado, ele virou-se e viu um grupo de torcedores de futebol se aproximando, latas de cerveja na mão, brandindo o punho livre. – Dra-gões! Dra-gões! – Casacos de couro preto, brincos nos narizes. Ao localizarem Lenny Fulton, grisalho e com um blazer cômico, o apresentador bom-moço, porém polêmico de *Sportsworld UK*. Lenny Fulton, "o homem que gosta de se espalhar um pouco", que no início da temporada denunciara os torcedores nada educados de um clube do sul de Londres como sendo "piores do que porcos" – "na verdade", prosseguira ele, "chamá-los de porcos seria caluniar esses bichos tão admiráveis". Os acusados haviam reagido com uma satírica complacência. Você nos chamou de porcos? Muito bem, então porcos seremos. E apareceram às centenas no jogo seguinte com brincos de latão no nariz; os mais ardentes furaram o septo e transformaram uma manifestação de moda numa declaração de princípios mais contundente. Das arquibancadas, eles torciam alto, aos grunhidos. Agora haviam encontrado seu acusador.

– Filho-da-mãe do Lenny! Olha só quem temos aqui! – Houve um movimento confuso, um berro rudimentar, cerveja jogada para cima e uns gritinhos apavorados de "ei, caras", antes de Lenny Fulton ser arrancado de seu assento e levado à força.

Durante dez minutos, mais ou menos, os demais passageiros ficaram olhando em volta, encorajando-se mutuamente a não fazer nada. Em seguida, reapareceu Fulton com seus guardas, que o atiraram atentamente em seu assento. Estava todo amarfanhado, corado, com o cabelo encharcado de cerveja, e usando agora um grande brinco metálico de pressão no nariz.

— Que puta sorte, hein, Lenny? *As portas!* — Um dos torcedores maiores deu-lhe um tapa na cara. — Use-o direitinho, Lenny.

— Certo, rapazes.

— Durante todo o caminho até a merda de Paris. E na TV. Vamos estar de olho em você.

Viraram-se para ir embora, com seus brincos nasais a luzirem. Nas costas de seus casacos de couro viam-se asas de dragões realçadas pela costura escarlate. Lenny Fulton olhou em volta de seus vizinhos mais próximos e riu envergonhado. — São bons rapazes, na realidade. Apenas um pouco exaltados. É um jogo importante. Sim, bons rapazes. — Fez uma pausa, pegou no brinco de seu nariz, riu de novo e acrescentou: — São uns animais, porra. — Passou as mãos por seu cabelo úmido, penteando-o para trás com os dedos até que ficasse meio levantado, do modo familiar aos espectadores de *Sportsworld UK*. — Se as portas não estivessem fechadas, eles teriam me matado. Porcos. — Em seguida, com visível e melodramático objetivo, caracterizou melhor a alcunha: — *Porcos* é um nome bom demais para eles. Chamá-los de porcos seria caluniar esses admiráveis bichos.

Eles haviam se convencido a voltar à calma e à normalidade, falando sobre esporte: o jogo contra o Paris Saint-Germain, a excursão de inverno do críquete, o Torneio das Cinco Nações. Ele juntou-se constrangido à conversa, fazendo uma de suas perguntas prediletas: — Quando foi a última vez que se jogou críquete nas Olimpíadas e quem ganhou as medalhas? — Lenny Fulton olhou-o com o tipo de desconfiança profissional que ele obviamente reservava para os chatos do esporte. — Alguma adivinhação, por acaso? — Ninguém ousava dar uma resposta: — 1900, Los Angeles. Medalha de ouro para a Inglaterra, prata para a França. Não houve de bronze porque esses eram os dois únicos países a competir. — Isto despertou apenas um leve interesse. Bem, fazia mais de um século. Não se deu ao trabalho de fazer sua segunda pergunta: qual foi o prêmio no ano que a Tour de France passara por Colombey-les-deux-Eglises? Desistem? Todos os três volumes das memórias do general de Gaulle.

Quando chegou o almoço, o camareiro olhou com curiosidade para Lenny Fulton e murmurou:

— Viva os Dragões, hein, sr. Fulton?

— Os dragões que se fodam. Daqui até Timbuctu. E faça o favor de me refrescar com uma dose quádrupla. De malte puro, nada de suas misturas vagabundas.

— Sim, sr. Fulton.

Agora, anos depois, o inglês idoso desembrulhou seus sanduíches, tirou seu saca-rolhas portátil e abriu a meia-garrafa de Meursault 2009. Ofereceu um copo à garota do Crazy Horse, do lado oposto. Ela hesitou, pegou a garrafa, virou-a para ver o rótulo, e em seguida aceitou. — Mas só um pouquinho, para provar.

Ninguém mais bebia, pensou ele. Ou, pelo menos, ninguém mais bebia como ele, só um pouquinho além do recomendado. Essa era a melhor maneira de se beber. Ou a dose quádrupla de uísque e mioles molos, ou então as dosezinhas homeopáticas só para provar, como a que ele agora servia. Ele imaginou-a de volta a seus dias cintilantes, levantando um dedinho enquanto erguia *le coupe de champagne* pedido por algum admirador ardente que ela encontrara a 201 metros do clube.

Mas se enganara. Ela não ia a Paris e nunca dançara, a não ser em espetáculos amadores. Ela disse que ia a Rheims para um teste vertical de Krug, como se fazia em 1928. Era enóloga, e depois de segurar seu Meursault contra a toalha branca de mesa e bochechar ligeiramente com ele, declarou que para um vinho sem safra declarada tinha um buquê razoável, mas que se podia sentir gosto de chuva e que o envelhecimento estava um pouco desequilibrado. Ele pediu-lhe para adivinhar seu preço, e sua estimativa foi abaixo do que ele pagara.

Bem, um bom mal-entendido; nada de extraordinário, porém útil. Seu predileto ainda era o de Casablanca. Trocando de aviões ali a caminho de Agadir, cerca de vinte anos atrás; ao passar correndo por um inóspito terminal, contemplando as luzes de bordo começarem a piscar no meio de uma sala cheia de serenos e estóicos viajantes britânicos. De repente, uma moça ficara maluca e começara a despejar todo o conteúdo de sua bolsa no chão. Coisas de maquiagem, lenços de papel, chaves, dinheiro, tudo caiu em suas diferentes velocidades, e, numa espécie de desafio maníaco, ela continuava a bater na bolsa muito tempo depois de já estar vazia. Então, muito devagar, como se desafiasse o avião a partir sem ela, começou a apanhar as coisas e pô-las de volta. Seu namorado permanecia rígido na fila, enquanto ela, furiosa embora não constrangida, continuava a pegar as coisas agachada como uma xepeira.

Devem ter pegado o avião, porque apareceram no mesmo hotel que ele, num lugar meio oásis, com as montanhas Atlas a erguerem-se nevadas atrás de árvores ensolaradas de tangerinas. Ao caminhar até o prédio principal coberto de buganvílias na primeira manhã, reparara na moça sentada ante uma mesa com material de aquarela espalhado diante dela. Sua curiosidade a respeito do que ela poderia ter perdido no aeroporto de Casablanca foi obrigatoriamente reativada. Protetor solar especial? Sua lista de contatos locais? Certamente mais do que isso: algo que a deixara pálida e fizera seu namorado corar. Algum implemento anticoncepcional cuja ausência poria em perigo as férias? Cápsulas de insulina? Violentos antidiarréicos? Henna? Ficou retroativamente perturbado por causa dela e obcecado por todo o incidente. Começou a inventar-lhe uma vida, preenchendo a lacuna psicológica entre a viajante furiosa e a tranqüila aquarelista. Durante vários dias suas especulações tornaram-se mais barrocas, enquanto ele protelava sua ignorância, como uma tentação. Finalmente, seu medo de perder aquilo que a moça sabia – ao qual, sem dúvida, ela deixava de dar o seu devido valor – acabou ficando exagerado. Aproximou-se dela certa tarde, elogiou de modo banal seu trabalho e a seguir, com uma terrível e tensa displicência, como se alguma chance de felicidade estivesse em risco, perguntou o que ela perdera em Casablanca. – Ah – respondera ela, num tom de voz agudo que dispensava importância –, meu cartão de embarque. – Ele tivera vontade de latir de prazer, mas deixou-se ficar apenas ali, como se fosse algum noivo desesperado, de olhos esbugalhados, sem saber o que mais lhe apraziria: o exagero de seu mal-entendido ou o caráter sóbrio da verdade. No dia seguinte, ela e seu companheiro partiram, como se tivessem preenchido sua função – ao menos para ele, tinham.

TÚNEL

Ele olhou para a paisagem francesa, prestando uma atenção flutuante a suas novidades. Estreitas valas de drenagem e canais preguiçosos. Caixas d'água em cima dos morros, algumas com formato de oveiro, outras parecendo *tees* de golfe. Torres de igreja afiadas como lápis, o inverso das torres inglesas quadradas. Um cemitério da Primeira Grande Guerra, ostentando alto uma *tricolor* desfraldada. Mas sua cabeça não deixava de forçar para trás. Agadir: sim, aquele outro mal-entendido, há meio século, quando ensinava como *assistant* em Rennes. Aquele ano de sua vida estava agora comprimido em seu cérebro sob a forma de algumas anedotas, cuja imagem narrativa final fora há muito atingida. Porém, havia alguma coisa a mais, que não chegava realmente a ser uma anedota, e portanto com maior probabilidade de ser uma recordação mais verídica. Seus alunos eram amistosos – ou ao menos trataram-no com uma divertida curiosidade –, exceto por um rapaz em especial. Ele não conseguia evocar um nome, um rosto, uma expressão; tudo que restara era o lugar do garoto – última fila, ligeiramente à direita do centro – na pequena e oblonga sala de aula. Em alguma ocasião, e como aquilo acontecera ele não sabia mais, o aluno comentara à queima-roupa que detestava os ingleses. Ao lhe perguntarem por quê, respondeu que eles haviam matado seu tio. Consultado quando, disse que em 1940. Inquirido como, explicara que a Marinha Real atacara à traição a esquadra francesa em Mers-el-Kebir. Você matou meu tio: você. Para o jovem *assistant d'anglais*, o ódio e seus motivos foram recebidos como um choque histórico complicado.

Mers-el-Kebir. Espere um instante, isso não é nada próximo de Agadir. Mers-el-Kebir era perto de Oran: Argélia e não Marrocos. Velho tolo. Velho panaca. Você fez as conexões específicas, mas enganou-se quanto à estrutura global. Só que aqui, nem as conexões específicas. Cristalizado em suas características menos aceitáveis. Ele divagava, até consigo mesmo. Seu fluxo de pensamento pulara vários tópicos, e ele nem sequer notara.

Alguém lhe entregou uma toalha quente; seu rosto secou-a até que se transformasse num pano frio, úmido. Vamos começar de novo. 1940: comece aqui. Muito bem. 1940, ele podia afirmar com certeza, fora há setenta e cinco anos. Sua geração fora a última a guardar as recordações das grandes guerras da Europa, a ter esta história entrelaçada com a de sua família. Exatamente há cem anos, seu avô partira para a Primeira Guerra Mundial. Exatamente há setenta e cinco anos, seu pai partira para a Segunda Guerra Mundial. Exatamente cinqüenta anos atrás, em 1965, ele começou a se perguntar se em seu caso teria sorte na terceira vez. E assim fora: no decorrer de sua vida, sua grande sorte européia se mantivera.

Há cem anos, seu avô alistara-se como voluntário e fora enviado à França junto com seu regimento. Um ano ou dois mais tarde, voltara, com o pé inválido devido à doença das trincheiras. Não sobrara absolutamente nada de sua época. Não havia cartas dele, nenhum cartão-postal amarelado do campo de batalha, nenhuma faixa de fitas de seda tirada de sua túnica; nenhum botão, nenhum pedacinho de renda de Arras passado adiante como lembrança. Vovó, em seus últimos anos, tornara-se uma grande especialista em jogar coisas fora. E esta falta da menor lembrança era complicada por outra camada de neblina, de ocultamento. Ele sabia, ou achava que sabia, ou pelo menos assim acreditara durante metade de sua vida, que seu avô conseguia falar livremente a respeito de seu alistamento, treinamento, partida para a França e chegada lá; mas era incapaz de passar além desse ponto. Seus casos sempre paravam na frente de batalha, deixando que outros imaginassem frenéticos ataques na lama pegajosa em direção a um acolhimento implacável. Esse caráter taciturno parecera mais do que compreensível: correto, talvez até glamouroso. Como era possível traduzir a carnificina daquela época em meras palavras? O silêncio de seu avô, fosse ele de origem traumática ou devido a um caráter heróico, revelara-se adequado.

Mas um dia, depois da morte de ambos os avós, ele perguntara a sua mãe a respeito da terrível guerra de seu pai, e ela abalara suas convicções, sua história. Não, dissera ela, não sabia onde ele servira na França. Não, não achava que ele estivera em nenhum lugar perto da frente de batalha.

Não, ele nunca usara a expressão "trepar por cima". Não, ele nunca ficara traumatizado por sua experiência. Então, por que ele jamais falava sobre a guerra? A resposta de sua mãe viera depois de uma prolongada pausa para meditação.

— Ele não falava a respeito porque não achava interessante.

Aí está. Não havia nada a fazer agora. Seu avô juntara-se aos "Desaparecidos do Somme". Voltara, é verdade; só que esquecera tudo depois. Seu nome poderia muito bem estar talhado no grande arco de Thiepval. Sem dúvida, haveria algum arrolamento de seu nome num *livre d'or* do regimento, uma documentação daquela participação sem medalhas. Mas não seria nenhuma ajuda. Nenhum gesto da vontade poderia criar aquela figura de perneira, e talvez de bigode, de 1915. Ele se perdera além da memória, e não haveria nenhum bolinho francês mergulhado em chá, capaz de restituir aquelas distantes verdades. Só poderiam ser procuradas por meio de uma técnica diferente, aquela em que o neto daquele homem ainda se especializara. Ele, afinal de contas, devia vicejar em saber e não saber, nos férteis mal-entendidos, na descoberta parcial e no fragmento ressonante. Aquele era o *point de départ* de seu ofício.

Tommies: assim eram chamados há cem anos, quando a França estava sendo desflorestada para produzir estacas de trincheiras. Mais tarde, quando ensinara em Rennes, ele e seus compatriotas eram conhecidos como *les Rosbifs*: um apelido carinhoso para aqueles vigorosos, confiáveis, embora não-imaginativos ilhéus do norte. Porém, mais tarde ainda foi descoberto um novo nome: *les Fuck-offs*. A Inglaterra tornara-se a criança-problema da Europa, ao mandar seus políticos desanimados mentirem sobre suas obrigações, e ao mandarem suas guerrilhas civis desfilar sua arrogância pelas ruas, sem saberem a língua e demonstrando insolência quanto à cerveja. *Fuck off! Fuck off! Fuck off!* Os *tommies* e os *rosbifs* transformaram-se nos *fuck-offs*.

Por que deveria ele ficar surpreso? Jamais acreditara muito na melhoria, muito menos no aperfeiçoamento da raça humana: seus pequenos progressos pareciam advir tanto de mutações a esmo, quanto da engenharia social e moral. No túnel da memória, o anel no nariz de Lenny Fulton recebeu um puxão de passagem, ao resmungo de "viva os Dragões, hein, seu babaca?" Ah, esqueça-o. Ou melhor, adote um ponto de vista superior; nem sempre eles foram os *tommies* e os alegres *rosbifs*, foram? Muitos séculos antes, voltando à época de Joana d'Arc (conforme citado no *Oxford English Dictionary*), eles eram *goddems* e *goddams* e *goddons*, blasfemos saqueadores da terra feliz ao sul. De *goddem* a *fuck-off* não houve grande diferença. De qualquer maneira, velhos resmungando contra a juventude arruaceira: que *leitmotiv* cansado era aquilo. Basta de reclamações.

Só que, reclamação não era bem a palavra. Será que ele queria dizer vergonha, constrangimento? Um pouco, mas não como o mais importante. Os *fuck-offs* representaram uma ofensa contra o sentimentalismo, foi isso que ele achou que queria dizer. Julgamentos sobre outros países raramente são justos ou exatos: o empuxe gravitacional gira ora para o desprezo, ora para o sentimentalismo. O primeiro não lhe interessava mais; sentimentalismo era a acusação que às vezes recebia por sua visão dos franceses. Quando acusado, sempre se confessava culpado, alegando como atenuante que outros países eram feitos para isso. Não era saudável ser idealista a respeito do próprio país, já que a mínima clareza de visão levava a um célere desapontamento. Outros países existiam, portanto, para fornecer esse idealismo: eram uma versão do pastoral. Esse argumento provocava às vezes mais uma acusação, a de cinismo. Ele não se importava; não se importava mais atualmente com o que os outros pensassem dele. Ao invés disso, optou por imaginar um equivalente francês de si mesmo, viajando na direção oposta e olhando para uma plantação descuidada de lúpulo: um velho num suéter de Shetland extasiado por geléia de laranja, uísque, ovos com bacon, *Marks and Spencer, le fair-play, le phlegme,* e *le self-control*; pelos chás com creme do Devonshire, biscoitos amanteigados, pelo *fog*, chapéus-coco, coros de catedral, casas xerocadas, ônibus de dois andares, garotas do Crazy Horse, táxis pretos e aldeias do Cotswold. Velho babaca. Velho babaca francês. Sim, por que não lhe conceder este necessário exotismo? Talvez o verdadeiro ultraje dos *les fuck-offs* tenha sido um ultraje contra o sentimentalismo desse francês imaginário.

Ele mal reparara na viagem: paisagens projetadas atrás das vidraças, vinte minutos de túnel, então mais paisagens projetadas. Ele poderia ter desembarcado em Lille e visitado a última pilha de escória de carvão da França. Havia centenas de montes negros de antracito luzindo na chuva quando ele viera pela primeira vez a esta parte da França. À medida que a indústria se esgotara, os montes abandonados tornaram-se pitorescos: pirâmides verdes e surpreendentemente precisas, tal como a natureza jamais faria. Mais tarde, descobriu-se uma técnica para transformar em polpa ou liquefazer a escória – ele não conseguia recordar os detalhes – e já fazia algum tempo agora que só restava um monte, subtraído de sua vegetação e revelando de novo seu autêntico negror. Essa relíquia tornara-se parte da trilha herdada do Somme: faça festa no pônei da mina, examine o diorama em que um mineiro de cara preta permanece atrás do vidro como um homem do neolítico, escorregue pelo monte de escória abaixo. Só que os visitantes eram terminantemente proibidos de escalar o monte; nem se podia retirar um único pedaço de escória. Guardas uniformizados protegiam o mineral, como se ele tivesse um verdadeiro, e não um presumido valor.

Esta história está se fechando num círculo perfeito? Não, um círculo perfeito jamais foi alcançado: quando a história buscava fazer esse truque, errava sua órbita como uma nave espacial pilotada por alguém que tivesse bebido muitas garrafas deste Meursault. O que a história sobretudo fazia era eliminar, deletar. Não, isso também não era verdade. Ele imaginou que cavava sua horta no norte de Londres: trabalhava-se e levantava-se a pá, e o suor de cada ano trazia algo diferente à tona; e não obstante o tamanho real da superfície permanecia constante. Então só se descobria aquele caco de Guinness, a ponta de filtro e camisinha estriada, ao preço de cavar os resíduos de outros anos. E o que planejavam eles cavar agora? Bem, havia uma proposta no Parlamento Europeu para se erradicar os cemitérios da Primeira Guerra. Tudo muito baixinho e respeitoso, é claro, e adoçado com promessas de sensíveis consultas democráticas; mas ele já tinha idade suficiente para saber como os governos funcionavam. Então, em algum momento, talvez depois de sua morte, porém inevitavelmente, eles haveriam de apagar as sepulturas. Aconteceria. Um século de recordação certamente já basta, como afirmara um debatedor cheio de presunção. Guarde apenas um exemplar, seguindo o precedente estabelecido pelo monte de escória de carvão, e are o resto. Quem precisa de mais?

Haviam passado Roissy. Um pátio cheio de trens de traslado indolentes revelou-lhe que estavam se aproximando de Paris. O velho cinturão vermelho dos subúrbios do norte. Mais grafite fosforescente em concreto nu, como em Londres. Só que aqui um ministro da Cultura qualquer declarara que os pichadores eram artistas, elaborando uma forma digna de figurar ao lado das manifestações de auto-expressão como o *hip-hop* e o *skate*. Velho babaca.

Seria bem feito para ele se se tratasse do mesmo ministro que lhe concedera o botão verde, que ele agora usava na lapela. Olhou para baixo, para ele: mais uma pequena vaidade, como não ficar satisfeito com sua foto. Examinou seu terno, que era mais ou menos de seu tamanho: a moda e a silhueta teimavam em ir em direções opostas. Sua cintura mordia uma barriga saliente, enquanto suas pernas haviam encolhido e suas calças pendiam largas. As pessoas não carregavam mais sacolas de corda para fazer compras, mas ele se lembrava como essas sacolas costumavam ficar estranhamente bojudas, cheias de legumes, adaptando sua forma ao conteúdo. Era isso o que ele se tornara: um velho, bojudo e desfigurado pelas recordações. Só que há um erro na metáfora: as recordações, ao contrário dos legumes, possuíam a característica de um crescimento canceroso. A cada ano, sua sacola de corda ficava mais bojuda, mais pesada, e fazia-o descambar para um lado.

O que era ele, afinal, senão um recolhedor e transladador de memórias: suas memórias, as memórias da História? E também um transplantador de memórias, transmitindo-as a outras pessoas. Não era uma maneira ignóbil de passar a vida. Divagava para si mesmo, e sem dúvida para os outros; ia sacolejando, como um velho *alembic* de rodas de ferro, a ranger de aldeia em aldeia, destilando o que era de agrado local. Mas o melhor dele, sua força, era ainda ser capaz de exercitar sua profissão.

O trem fez uma entrada polida, cautelosa, na Gare du Nord. No túnel da memória, Lenny Fulton varejou seu brinco de nariz debaixo dos assentos como se nunca o houvesse usado e correu para a porta. O resto deles, recordações e presenças, aqui e noutras partes – balançou a cabeça em constrangidas despedidas. O chefe do trem agradeceu-lhes por terem viajado pelo Eurostar, esperando poder, dentro em breve, acolhê-los novamente a bordo. Grupos de faxineiros estavam a postos para ocupar o trem e remover os leves detritos históricos deixados por aquele grupo de passageiros, preparando-o para novo grupo, que se saudaria desajeitadamente com a cabeça e deixaria seus próprios detritos. O trem deu um vasto e abafado suspiro mecânico. Barulho, vida, uma cidade que recomeça.

E o inglês idoso, ao voltar para casa, escreveu as histórias que vocês acabaram de ler.

Este livro foi composto pela
Art Line Produções Gráficas Ltda.
Rua Visconde de Inhaúma, 64 - Centro - RJ
e impresso na Editora JPA Ltda.
Av. Brasil, 10.600 - Rio de Janeiro - RJ
em julho de 2001,
para a Editora Rocco Ltda.